PLAY

RICARDO SILVESTRIN

PLAY

CONTOS

EDITORA RECORD
RIO DE JANEIRO • SÃO PAULO
2008

CIP-Brasil. Catalogação-na-fonte
Sindicato Nacional dos Editores de Livros, RJ.

S593p Silvestrin, Ricardo, 1963-
Play / Ricardo Silvestrin. – Rio de Janeiro: Record, 2008.

ISBN 978-85-01-08019-6

1. Conto brasileiro. I. Título.

08-0065 CDD – 869.93
CDU – 821.134.3(81)-3

Projeto de capa e foto do autor: Luis Giudice

Impresso no Brasil

ISBN 978-85-01-08019-6

PEDIDOS PELO REEMBOLSO POSTAL
Caixa Postal 23.052
Rio de Janeiro, RJ – 20922-970

EDITORA AFILIADA

Contar é muito, muito dificultoso (...)
Se eu fosse filho de mais ação, e menos idéia (...).

João Guimarães Rosa,
Grande Sertão: Veredas

Sumário

O filme

O mundo não termina naquele morro. Depois tem a estrada. Muitas vezes fiquei na beira da estrada, sem saber pra que lado ir. Enquanto os carros passavam, indo para um lado ou para outro, eu ficava parado. Voltava pra casa, descia o morro, com a certeza de que só não tinha ido embora por não saber pra que lado ir. À noite, da sacada, via quando chegava alguém à cidade. Eram os faróis contornando o morro. Gente com carro, algum dinheiro e estudo. É o professor, o músico, o dentista, a psicóloga. Fui à escola, mas só até a quarta série. Pra continuar, tinha que pegar a estrada. Sei quando o sol nasce ou se põe. Sei quando vem chuva passageira ou demorada. Sei quando vai dar peixe ou não vai. Sei o que é preciso pra viver até o morro. Uma noite eles chegaram num ônibus pequeno. Eram quinze. Ficaram na pousada e iam fazer um filme. Disseram que precisavam de um nativo, foi essa a palavra que usaram, pra fazer parte do elenco. Perguntaram se eu queria entrar naquilo. Disse que nunca tinha feito nada parecido, que eles teriam que me dizer bem direitinho o que fazer. Ainda assim, não podia garantir nada. Se a maré enchesse e me chamassem pro arrastão, tinha que ir. Eles toparam. Disseram que eu não precisava fazer nada diferente do que sempre fiz. Que como eu era, estava perfeito, bastava ligar a câmera. Se tivesse que ir pro arrastão, ótimo, iam filmar o arrastão também. Perguntei se pra fazer filme não precisava ter estudo, ser doutor, instruído. Eles disseram uma coisa bonita e estranha. Artista já nasce artista. Depois só tem que aprender a não desaprender. Quem sabe eu era artista, por isso não sabia nada. Nem pra que lado tinha que ir na estrada. A história era assim. Vinha uma mulher, bonita, artista, chorando pela beira da praia. Eu ficava por ali pescando. A moça chegava, sentava do meu lado, sempre chorando. Eu ficava quieto com o meu caniço. A moça se chegava e contava umas coisas da vida dela pra mim. Falava que o marido era mau, que não dava carinho, amor, abraço, beijo, que vivia só pro trabalho. Estava lá de férias com ele, mas não mudou nada. O marido era o mesmo da cidade. Eu ouvia, quieto. No fim, ela me pedia um beijo. Eu dava. Ela ia embora. Filmaram aquilo umas duzentas vezes. Tudo e mais umas partes. O beijo, então, visto daqui, dali, de cima da escada. O pessoal da cidade me apelidou de beijoqueiro. Apontavam e diziam que eu era sortudo, beijava a dona atriz todos os dias. Pescar e beijar. Pescar eu sabia bem. Beijar mais ou menos. Não tinha muita mulher pra gente aprender. E as que tinham não beijavam muito pra não ficarem faladas. Mas já tinha aprendido um pouco. E beijar era como ser artista. A gente já nasce sabendo. Tem que só aprender a não desaprender. Mas não era beijar a dona atriz que me deixava mais alegre. O beijo até perdia a graça com todo mundo olhando e dizendo vira pra cá, vira pra lá, vamos fazer de novo. Fiquei alegre mesmo quando vi que eu ia ficar dentro do filme. Olhei na câmera e me vi lá dentro. Aquilo ia embora com eles. Perguntei pra que lado da estrada eles iam levar. Responderam que o filme ia para os dois.

A estrada

Engatou a ré. Atrás, vinha um exército de carros. As estradas eram longas, todas de mão única, nem pensar em retorno. Depois de entrar numa, não tinha como voltar. E se construíam sem parar. Ao lado de uma, sempre estavam os operários construindo outras tantas. A velocidade era livre. Os carros voavam a duzentos por hora. Ele precisava voltar. Tinha ido longe demais no caminho errado. Os carros foram saindo aos trancos, com manobras improvisadas. Os motoristas abriam as janelas, botavam a cabeça pra fora e gritavam para ele. Voltava a duzentos contra o fluxo. Passava pelos carros se chocando. A sirene da polícia veio cada vez mais alta. O carro amarelo com os policiais encostou ao seu lado. O cara de quepe e uma arma na mão ordenando que ele parasse. Como continuou, o carro da polícia também teve que ir de ré ao lado. Eram dois abrindo o caminho ao contrário em alta velocidade. O policial gritando que iria atirar se não parasse. Carros se amontoavam pelas laterais. Os reforços chegaram, e uma fila de carros da polícia o impediu de continuar. Foi tirado à força, revistado, interrogado, agredido com palavras, encontrões. Eu preciso voltar e pegar a estrada certa, ele dizia. O senhor não pode voltar. Ninguém pode voltar. Gritavam os policiais. Ninguém pode chegar até aqui e querer voltar. Devia ter visto o erro antes de entrar. Devia pensar melhor, comparar, deduzir, sei lá. Mas os senhores não têm vontade de voltar, de escolher outra estrada? Todos têm. Mas ninguém volta. Os senhores nunca erram, nunca se enganam? Estamos todos enganados. Sempre. Todos na estrada errada. Assim, tanto faz mudar de estrada. Vê esses operários. Me chama um aqui. Disse o chefe de polícia. Pois, não, seu guarda. Quantas estradas você já construiu? Umas trinta. Viu, trinta! E alguém até hoje voltou? Não que eu tenha visto, mas sabe como é, a gente está sempre trabalhando, de cabeça baixa, pode ser que alguém tenha voltado, nunca se sabe. Voltou ou não voltou? O silêncio dava para pegar com a mão. Nos olhos do motorista que queria voltar, a expectativa de uma resposta que comprovasse não ser o único. Talvez voltar não fosse tão absurdo assim como o policial estava dizendo. Fala, homem! O operário olhou para o policial como quem volta de um transe. Não posso dizer nem que sim, nem que não. Eu nunca vi. Mas e se alguém tivesse voltado? Chegou outro operário. Com licença, doutor. Uma vez, eu fiquei com muita vontade de voltar. Não dormia direito, sonhava que estava voltando na estrada e cheguei até o começo. Daí, peguei outra do comecinho, uma que eu não sabia aonde ia dar, mas sabia que era a estrada certa. Acordei feliz e botei na cabeça que um dia ia voltar. Falei pra minha mulher que a gente podia voltar tudo e iniciar numa nova estrada. Ela disse que eu estava muito esquisito e me levou ao terreiro de umbanda. O pai-de-santo me deu um passe e disse que aquilo tudo ia sumir da minha cabeça. Nunca sumiu, mas eu disse que tinha sumido. Tem mais um doido por aqui. Disse o policial. Chamou um colega e mandou liberar a estrada. O guincho pegou o carro que causou a confusão e levou embora. Na viatura, o motorista preso perguntou ao chefe de polícia por que era proibido voltar. O que é proibido fazer é proibido saber por que é proibido. Ele disse. Caso contrário, viraria motivo de debate. Alguém poderia convencer a todos de que, na verdade, o proibido é que deveria ser permitido. E vice-versa. Mas não tenho nada que ficar dando explicação para o senhor, embora o seu estado emocional tenha nos deixado a todos fora de controle. Onde já se viu querer voltar e pegar uma outra estrada. E se essa também fosse a errada? Iria voltar outra vez? Não me responda. Estou só pensando alto. Iria entrar e sair como se tudo fosse uma experiência, um brinquedo. E as pessoas que acreditaram na sua escolha?

Depois teriam que ouvir uma desculpa esfarrapada. Deram anos de suas vidas para um equívoco? É fácil para o equivocado dizer "desculpe, me equivoquei". Ele sai imune. E os outros é que refaçam suas vidas. Mas como, se é proibido voltar na estrada? Como? Não me responda, eu já disse. Sim, poderia ser franqueado a todos o direito de ir e voltar na hora que bem entendessem por qualquer estrada. Isso seria o caos. O caos, o senhor não imagina. Nada continuaria. As coisas precisam de continuidade. E para isso, só sendo obrigado. O senhor acha que se a gente não fosse obrigado iria continuar alguma coisa? Acha? Não me responda. Na verdade, eu já estou dando assunto demais para o senhor. Gente da sua espécie devia era estar presa, incomunicável. Incomunicável, o senhor está entendendo? É claro que não está entendendo. Se entendesse alguma coisa, não nos faria passar por tudo isso que estamos passando. Todo dia, eu, que ando na linha, sou correto, só faço o estritamente adequado, tenho que me defrontar com gente torta, esquisita, fora dos eixos, como o senhor. Essa é a minha sina. Mas não estou me queixando. Caso estivesse, seria como o senhor. Iria querer voltar de uma hora pra outra. Minha mãe dizia que eu tinha que estudar. Ela queria que eu fosse médico. Médico, sabe o que é isso? Eu, médico. Olhe pra mim e diga se eu tenho cara de médico. Não me diga nada. O senhor não está aqui para falar. O senhor está sendo detido. Tem direito de ficar calado. E eu digo: o senhor deve ficar calado. Pois, se apenas a sua presença já é nociva, imagine as suas palavras. Onde estava mesmo? Ah, a minha mãe. Queria me ver médico. Mas meu pai morreu cedo, e eu tive que trabalhar. Acabei aqui, na polícia. Mas não posso me queixar. Ganho muito mais do que um monte de gente. Até mais que doutor. Tenho plano de saúde, até com dentista. Olha aqui a minha boca, está vendo lá no fundo, é uma ponte fixa. Sabe quanto me saiu? Nada. Foi de graça. O plano de saúde paga. Quem tem plano de saúde que dá ponte fixa de graça? Hein? Quem tem? O senhor deve estar pensando que eu sou um cara de sorte. Isso o senhor até poderia falar. Se eu deixasse. Mas não deixo, não. Eu conheço gente como o senhor. Começa me elogiando, vai me deixando seu amigo e depois vai botando palavras aparentemente inofensivas na minha cabeça. Daí eu começo a responder e quando vejo estou cheio de dúvidas. A dúvida é irmã do infortúnio. É melhor estar errado e feliz do que em dúvida. E pode alguém com uma boca dessas estar infeliz? Meus parentes estão todos banguelas. Fazer dente é muito caro. O senhor já fez um tratamento de canal? Já deve ter feito. Todo mundo um dia acaba fazendo. Metendo aquelas agulhas lá no nervo. Sabe quanto custa cada agulha daquelas? Uma fortuna! É por isso que tratamento de canal é tão caro. Mas eles, os meus parentes, também não podem se queixar. Estão todos com os filhos casados, bem encaminhados. Meu filho, o mais novo, anda meio confuso. Não sabe o que quer da vida. A mãe dele mima muito o guri. E eu pergunto: quem sabe o que quer da vida? Se fosse instituído por um decreto que a partir de hoje cada um poderia escolher e fazer exatamente o que quer da vida, o senhor acha que alguém saberia dizer o que quer? Seria o caos. O caos. Porque uma coisa é ficar sonhando com algo que se imagina que se quer. Outra é botarem na mesa: pronto, agora pode fazer o que quer. O senhor está entendendo a diferença? Nesse momento, iria aparecer quem? A dúvida, a irmã do infortúnio. E se a pessoa escolhe errado? E se ela se arrepende depois? Mas será que ela não gosta de outras coisas também? É, fazer exatamente o que quer não é bem assim, não. Vejo pela sua cara que o senhor começa a me dar razão. Mas não me diga nada. Assim como o senhor está concordando agora, daqui a pouco já discorda. Eu conheço gente como o senhor. Só causam transtorno. Querem voltar na estrada. Digo querem, e o senhor deve pensar "ah, então existem outros que já quiseram voltar". Conclua pelo senhor mesmo. Eu não disse nada. Os operários não param de construir estradas novas. E por quê? Para ter opção. Nos acusam de não dar opção. E o que mais damos é isso. Você pode pegar todas essas estradas. Cada uma é diferente da outra. Se uma tem viaduto, a outra não tem. Se uma contorna o morro, a outra vai pelo túnel. Se uma passa pelo campo, a outra vai pela beira do mar. "Ah, mas eu queria uma diferente de todas." Pronto, fazemos mais uma. Aí, o cara escolhe e depois quer voltar? E digo uma coisa: se voltasse, o que iria encontrar? Uma outra estrada. Só isso. Quem ficou indeciso numa vai ficar noutra. Se passar por trezentas, vai ficar indeciso em todas elas. Seguiram o resto do caminho em silêncio. Na janela, os operários construindo estradas e mais estradas. Todos olhando para o chão.

Preto no preto

1

Ninguém é condenado pelo que fez. Mas pelo que foi provado. E a maioria das coisas, ninguém tem como provar. O que se passa numa sala fechada, entre duas pessoas, sem ninguém por testemunha? E mesmo que tivesse uma terceira pessoa, o que ela veria foi o que realmente aconteceu? Se mudasse a pessoa, veria a mesma coisa? E o que se passa dentro de cada um, sem que ninguém nunca possa saber? Estou aqui, nessa sala escura, há não sei quanto tempo, esperando meu julgamento. O senhor ou a senhora deve estar se perguntando o que eu fiz para estar aqui. Vou contar tudo o que dizem que eu fiz. Sou acusado de deixar de ser eu. Não é uma acusação muito comum. E creio piamente que já se trata de uma causa perdida. O promotor que me desculpe, mas aceitar um trabalho como esse é um atentado ao bom senso. Fui submetido a um teste de DNA para saber se eu não era um impostor, alguém que, após uma série de operações plásticas, tivesse tomado o meu lugar. O resultado do exame ainda não saiu. Pelo menos, não chegou até as minhas mãos. Talvez até já tenha saído, e o promotor o guarde para usar contra mim no tribunal. Não acredito que possa ter dado alguma variação no meu DNA. Cheguei, no pior dos momentos de devaneio, a pensar que pudessem ter me colocado no lugar de mim mesmo sem que eu percebesse. Então, com uma investigação criteriosa, ficaria provado, mais cedo ou mais tarde, que eu não era eu. Mas isso tudo é um absurdo. A menos que eu fosse um clone e tivessem apagado a minha memória. Nasci já assim como me encontro e não teria um outro eu anterior para comparar. Já todos, que me conheciam de antes, teriam na lembrança o eu do passado e reivindicariam que me portasse como sempre me portei. Como se pode ver, o tempo todo que estou aqui acabou afetando o meu poder de julgamento. Já começo a admitir que uma acusação totalmente sem fundamento possa ter algum. Nesses dias em que espero no escuro, repassei tudo que lembro da minha vida. Tentei encontrar, em algum momento, um deslize, um descuido, algo que denunciasse a troca. Nasci numa pequena cidade, no interior de uma região sem muita perspectiva de trabalho. Minha família tinha uma vida razoável se comparada aos padrões do lugar. Meu pai era dono de um armazém. Minha mãe trabalhava com ele. Sou o quarto filho. Antes de mim, dois irmãos e uma irmã. Todos os quatro freqüentaram a escola, o que não era comum por lá. As pessoas desconfiavam que, se deixassem seus filhos muito tempo estudando, poderiam ter a cabeça desvirtuada por algum professor reformista. Os reformistas nasceram espontaneamente na nossa região. O armazém costumava reunir muitos deles. No final do dia, sentados nos bancos de madeira em frente à porta, entre um copo de cerveja e outro, iam discutindo sobre tudo. Meu pai não tinha uma opinião formada sobre os temas que eram debatidos ali. Era, na verdade, um bom ouvinte. Acompanhava todo o raciocínio de alguém e, de vez em quando, largava um "ah, isso é mesmo". Em seguida, alguém rebatia o que acabara de ser falado, desenvolvendo toda uma tese contrária. "Ah, isso é mesmo", ele falava para o outro. Fico pensando que talvez tenha aprendido com meu pai a não ter um eu. Quem era ele? O que concordava com um ou com o outro? Ou, pior, pode ser que trocasse de eu em público, sem que ninguém percebesse. Ele nunca teve problema com isso. Nunca ninguém o acusou de trocar de eu. O fato é que meu pai veio de uma família muito humilde. Todos trabalhavam de sol a sol para ganhar muito pouco. Ficavam contentes por conseguir comprar uma calça, uma camisa, um chinelo, um quilo de arroz, um de feijão. Ter um eu era um luxo que eles nem se permitiam sonhar. Ninguém batia no peito e dizia "porque eu isso, porque eu aquilo". Era só "o senhor veja", "o senhor me permita falar", "o senhor não repare". Um armazém era um grande avanço para alguém como o meu pai. Mas não pensem que ele botou seu nome na porta, como essas pessoas que dão ao estabelecimento o seu próprio nome ou sobrenome. Colocou uma placa em que se lia apenas "Armazém". Acusar meu pai de alguma coisa é dar razão a quem me acusa. Talvez ele não se posicionasse por pura sabedoria. É prudente que o dono do bar não tome partido de nenhum freguês. Deve ser por isso que os reformistas adotaram a nossa loja como a sua sede inicial. Lá, todos se sentiam livres para pensar com calma, formular e apresentar suas teses. Ninguém era recriminado. Nisso meu pai teve papel fundamental. Com sua fala simples, de aprovação, incentivava todos a falar e a se sentir grandes elaboradores de raciocínios. É assim que um eu se constrói. Ele precisa acreditar que é importante, que está dando certo, que pode se desenvolver. Com o tempo, vira alguém. Se for cortado desde o início, desaparece. Desde que me lembro, eu ficava sentado junto dos reformistas. Quando era bem pequeno, nem tinha entrado para a escola, ficava por ali com meus carrinhos. Não entendia direito sobre o que falavam, mas gostava da atenção que todos davam para o que cada um dizia. Não era uma discussão barulhenta. Falava um de cada vez. E não falava por pouco tempo. De vez em quando, um percebia a minha presença, me botava no seu colo e dizia "esse é o mais jovem reformista; é o futuro do reformismo!" Todos aplaudiam, e eu passava de colo em colo até chegar aos braços de minha mãe, que dizia "sim, mas agora o reformista vai tomar banho e dormir". Ela também estava sempre por ali. Não dizia nada, mas ouvia tudo. As primeiras mulheres a participar das discussões foram as filhas mais velhas do pessoal que freqüentava a roda no bar. Elas estudavam fora da cidade e, quando voltavam, passavam a entender que falar sobre nossos problemas era um grande avanço das pessoas da região. Quando moravam lá, achavam, como a maioria, que as "assembléias de bar", como ironicamente eram chamados os encontros, eram só coisa de bêbados e desocupados. Depois de muito tempo, pude entender que era das cabeças de gente assim que poderia sair uma maneira de pensar diferente. Os ocupados estavam dentro do mundo como era. Para eles, as coisas estavam bem. Os que não conseguiam se enquadrar na vida considerada normal, os que não paravam em emprego, os que não conseguiam formar uma família, por estarem sempre à deriva, acabavam vendo as falhas. Se tudo estava tão certo, por que não havia emprego para todos? Por que uma minoria se dava bem e o resto vivia de sobras? Esse era o principal assunto das reuniões dos reformistas. Como a vida podia ser mais interessante, menos fechada, mais a favor deles. E mesmo alguns bem-sucedidos, um dia ou outro, baixavam por ali. Pareciam estar atrás de algo que não sabiam explicar, mas que, quando escutavam a fala de alguém, batia lá no fundo, dentro do mesmo ponto que unia a todos. Cresci habituado a ver gente pensar em como as coisas deveriam ser. Durante muitos anos, as discussões foram só um misto de prazer e desabafo. Não havia nenhuma doutrina a seguir, nenhuma resposta padrão. Pensar por si, em voz alta e em público, era o que deixava todos felizes. Havia uma certeza prévia de que a vida real não era comandada por eles. Estava dada. Era assim, e não passava pela cabeça de ninguém ter o poder de mudar. A atuação dos reformistas se dava mais no plano filosófico. Especulavam maneiras de ver o mundo. Criavam mundos paralelos, regidos por outros princípios. Nessa expansão dos limites de entender as coisas, eles se bastavam. Formavam uma corrente de pessoas que se escutavam. Mas a inutilidade aparente das assembléias de bar não passou em branco para o poder central. O prefeito, preocupado com a crescente adesão de pessoas aos encontros, mandou um espião. Os reformistas logo perceberam que a presença daquela pessoa, surgida do nada, era coisa armada. Sem nenhuma combinação, ninguém mudou sua conduta. Continuavam a falar o que pensavam como se nada de diferente estivesse acontecendo. Com o tempo, o espião foi gostando de ter um espaço para falar o que pensava, para escutar, longe da patrulha do prefeito. Após algumas cervejas, acabou até contando para os reformistas que estava lá a mando do poder municipal. Pediu sigilo. Estava falando em consideração ao bem enorme que aqueles encontros estavam fazendo para ele. Contou que um dia relatou ao prefeito tudo o que tinha ouvido no bar. O prefeito dizia que aquilo não passava de uma conversa de leigos. Jamais poderiam fazer daquele amontoado de falas desconexas algo com força política. Ele também queria que a vida fosse melhor. Mas como se faz isso? Se ele soubesse, já teria feito. Não era para isso que tinha sido eleito? Queixas e reclamações, tinha uma lista que não acabava mais. Projetos, queria projetos. Ninguém é capaz de falar como se consegue dinheiro, por exemplo. "Tudo é dinheiro", ele dizia para o espião. "Mais saúde? Dinheiro. Mais escolas? Dinheiro. Mais empregos? Todos querem mais empregos. E vêm pedir para mim! Por acaso sou fábrica, indústria, empresa? Tenho lá eu como dar emprego? Eu, graça a Deus, já estou empregado. Que ninguém nos ouça, mas muito bem empregado. E como consegui isso? Trabalhando. Por que essa gente não trabalha, em vez de ficar conversando?" Era óbvio que ele não tinha conseguido aquilo que chamava de emprego trabalhando, mas puxando o saco dos grandões da cidade. A função do prefeito era atender, em primeiro lugar, a todos aqueles que botavam dinheiro na campanha. Como alguém se torna prefeito? Com dinheiro. Ele estava certo quando afirmava que tudo é dinheiro. Sabia disso como ninguém. E também estava correto quando dizia que tudo o que se passava ali, no bar, entre os reformistas, era só um amontoado de elaborações sem nenhuma costura. Nada que se pudesse considerar como um caminho político a seguir. Cada recorte de fala recortava a realidade a seu modo. Não havia uma ciência. Nem perto de uma ideologia. É claro que para fazer política não se precisa dessas coisas. Poucos são os que conseguem ter a clareza da realidade. Dentro ou fora da política. Mas o fato é que os encontros dos reformistas eram mais um convívio de idéias, uma terapia de grupo, regada à cerveja. Uma noite, o ex-espião teceu um longo discurso numa das reuniões. Queria provar a tese de que nenhum governo poderia resolver os problemas todos da população. Era por isso que nenhum governante e nenhuma forma de governo duravam para sempre. Por mais que fizessem, sempre haveria algum grupo insatisfeito. E da articulação dessa insatisfação é que se renovam os cargos, os partidos, os novos eleitos. Como todo eleito é alçado ao poder pelo apoio de um grupo, acaba caindo pela atuação de outro. O prefeito da nossa cidade, por exemplo — dizia ele — está sendo muito eficiente para atender o máximo de cidadãos possível. E por que não consegue atender a todos? Porque os recursos são limitados. Alguém sempre vai ser desatendido. Diante disso, de nada adianta mudar, votar em outro. O problema vai ser sempre o mesmo. Não concordam comigo? Não — eu falei. Quando isso ocorreu, eu já estava com 17 anos. Tinha conhecido uma garota da nossa cidade que estudava História na capital. Ela me contou sobre um monte de coisas novas que eu nunca tinha ouvido falar nas rodas do bar. Não entendi muito tudo de uma vez, mas o que ficou na minha cabeça era que é possível ter uma forma de governo em que tudo é dividido por todos. Naquele momento na roda, eu falei que não concordava. Foi a primeira vez em que disse algo ali. Todos me olharam surpresos. Meu pai e minha mãe ficaram orgulhosos de ver que seu filho ousou ser um dos que opinavam. Alguém perguntou por que eu não dava razão ao que foi colocado. Eu falei que não sabia explicar, mas que um dia saberia. Tudo o que eu tinha naquele momento era a certeza de que as coisas poderiam ser de outra forma. Se não eram assim agora, um dia iriam ser. Ali, pela primeira vez, publicamente, apareceu um eu que todos pudessem reconhecer. Era um eu novo, meio torto, fora do esperado. Ainda um pouco frágil, pois não conseguia se justificar, mas já destoava do comum. O filho do dono do bar dos reformistas tinha umas idéias estranhas, falavam. Mas parece um bom rapaz. É calmo, um pouco calado, mas escuta com atenção. Namora uma garota que faz faculdade. Foi ela quem me trouxe uma visão nova. Enquanto os reformistas acabavam sempre concluindo que as coisas são difíceis, complexas, quase insolúveis, a garota sempre mostrava como as coisas funcionavam, o que estava por trás de tudo e como poderiam ser diferentes. Uma vez, convenci meus pais a me deixar passar duas semanas na capital. Aluguei um quarto numa casa de estudantes. Fui lá para conhecer a universidade e me inscrever no vestibular. Isso foi o que eu disse que iria fazer, mas viajei mesmo para ficar com a minha namorada. Eu e ela passávamos horas no seu quarto. Ela ficava num só pra ela na Casa do Estudante. Entre beijos e longas transadas, líamos seus livros da faculdade. Ela dizia "sabe o que é mais-valia? Assim ó: se alguém que trabalha produz cem e fica com cinco, para onde vão os noventa e cinco? Para o bolso de quem detém os meios de produção". Para quem? — eu dizia. "Para o empregador, o latifundiário, o industrial, o patrão. Então, se todos que trabalham se tocarem disso, a coisa muda. Quem produz a riqueza é pobre. E quem não faz nada fica rico. Entendeu?" Sim, eu entendia, mas pensava no meu pai, que não tinha funcionário nenhum. Era patrão dele mesmo. E também pra rico não servia. "Se os meios de produção não forem propriedade de poucos, mas socializados, teremos uma sociedade sem classes, sem opressores nem oprimidos." E, após esse papo todo, mais alguns beijos e vamos que vamos. Mais valia ficar ali com ela do que qualquer coisa, eu pensava brincando com aquela expressão nova que aprendia. À tarde, ia à faculdade com ela. Durantes suas aulas, eu ficava no pátio, olhando o pessoal circulando. Os caras, a maioria, cabeludos e de barba. As garotas, com longos cabelos, vestidos, batas. Uma delas, que conhecia minha namorada, ficou um dia conversando comigo num banco, debaixo de uma árvore. Foi a primeira pessoa que eu vi usar os dedos das mãos para fazer aspas. Falava uma coisa e balançava os dedos, mudando a entonação. "Os revolucionários", "os bons costumes", "os homens de bem", "os nacionalistas". Pensei que as aspas eram um sinal de escrita que estava agora na fala e nos gestos. Perguntou se eu e minha namorada estávamos mesmo a fim um do outro. Estamos "grudados", respondi mexendo os dedinhos. Acho que ela ficou um pouco decepcionada com a minha resposta e logo caiu fora. Outro dia, um cabeludo, de bolsa atravessada, perguntou se eu sabia o que era mais-valia. Eu expliquei a ele o que tinha ouvido da minha namorada. Ele me agradeceu. Disse que tinha uma prova sobre esse tema e estava boiando até falar comigo. Uma outra tarde, um cara de jaqueta, boina, foi se chegando. Começou a falar da luta dos operários. Nós devíamos estar ao lado deles. Era dali que emanaria o poder legítimo. O poder nascido do suor do trabalho. A dignidade que jamais poderia vir da burguesia. Falou que haveria uma reunião com umas pessoas no diretório para falar mais sobre esse tema, para se conhecer melhor e tomar algumas cervejas. Falar sobre os problemas e tomar cerveja. Passei a vida toda vendo isso, eu falei para ele. Desde que me lembro, era essa a coisa que mais me fascinava. Ele ficou curioso e perguntou de que tendência eu era. Como assim, tendência, eu falei. Ele me explicou que havia na universidade várias tendências. Eram todas ligadas aos movimentos de esquerda. Divergiam em alguns pontos programáticos, em questões de fundo, na maneira de pensar a revolução. E chegam a alguma conclusão? — eu perguntei. Conclusão, conclusão, não se chega a nenhuma. O processo é lento, dialético, ele disse. Como assim, dialético? Um fala, outro contrapõe. Uma tese gera uma antítese. Do encontro dessas duas, há uma síntese, que, na verdade, é uma nova tese que vai gerar uma antítese e assim por diante. Pensei um pouco e respondi: sou da tendência dos reformistas.

2

Dormi e acordei no escuro. Há dias já não sei se anoitece ou amanhece. Começo a temer que nunca mais venham me tirar daqui. O exame de DNA poderia ser só conversa. É impossível que demorem tanto tempo para ter uma resposta. A acusação de que deixei de ser eu é tão estúpida que também começo a duvidar dela. Que juiz aceitaria tal julgamento? Onde está escrito que alguém não pode deixar de ser ele mesmo. E se quiser? Quem pode impedir? O eu é propriedade do seu dono. Mas do jeito que me tratam, crêem que eles têm um vínculo maior com o meu eu do que eu mesmo. Se não for o eu que autorizam, estou frito. Sou um traidor. Meu eu não é mais meu. É deles. No que acabo pensando? Como se houvesse a pessoa separada do eu. Tanto não há que estou aqui. Ou estou lá, no exame de DNA? Se der que mudei de eu, o que farão? Vão me torturar? Vão me obrigar a pedir perdão e a voltar a ser o que eu era? E o que eu era? Já contei e recontei para mim mesmo toda a minha vida. Nasci de uma família humilde, no cafundó do Judas, passei dezessete anos socado num armazém de merda, com um bando de bêbados viajando na maionese, encontrei uma garota que me fez ver algum sentido naquela porcaria toda que era a minha vida até conhecê-la.

As duas semanas na Casa do Estudante passaram voando. Nunca vivi tanto. Se comparado a tudo que tinha feito da minha vida até então, ou seja, nada, era como se tivessem se passado vinte anos. Queria arranjar um jeito de ficar por lá, de não ter mais que voltar. Mas não era aluno, e o vestibular seria só dali a seis meses. Meus pais já começavam a ficar preocupados. Vi um pequeno cartaz no bar da História dizendo que precisavam de alguém para trabalhar lá. De bar, eu entendia. Consegui a vaga e avisei meus pais por telefone que iria ficar trabalhando até o vestibular. Assim já ia me ambientando com a faculdade e com a capital. Eles ficaram ao mesmo tempo contentes com a minha força de vontade e com medo de que eu não conseguisse me virar sozinho. Meu pai convenceu a minha mãe de que a vida era assim mesmo. Quem quer conseguir alguma coisa tem que se virar. Acabaram deixando que eu não voltasse. Foi no bar que conheci um amigo que me acompanhou por toda a vida. São aquelas pessoas que acabam tão íntimas da gente que parecem ter nascido dentro de nós. Nunca tinha pensado dessa maneira, mas é assim mesmo que sinto a nossa amizade. Ele tinha a calma para ouvir o que eu dizia. Quando eu terminava, ele falava. Diferente da maioria das pessoas no bar. Falavam todas ao mesmo tempo. Estavam mais preocupadas em afirmar uma posição. Quando escutavam, era para encontrar um contra-argumento. Formavam grupos de pessoas que tinham os mesmo pontos de vista e duelavam com outros grupos de pontos de vista contrários. Passavam horas, às vezes entravam a noite numa verdadeira guerra de palavras. Eu ouvia as posições e não conseguia ver, na verdade, motivo para tanta discórdia. No fundo, o que queriam era a mesma coisa. Mas formulavam de maneira diferente e brigavam pela formulação melhor. Meu amigo me mostrou que todas aquelas idéias vinham de vários livros. Eram os revolucionários russos e todos os outros estudiosos de esquerda que falavam pela boca daquela gurizada inflamada. Falei a ele que no bar do meu pai cada um falava o que pensava. Não estavam falando nada que tivessem lido em algum lugar. Está certo que não elaboravam nada muito complexo como o que se ouvia na faculdade. Mas, se for ver, no fundo, era parecido. Como tudo poderia ser diferente era o que estava em questão. A diferença era que os reformistas não tinham resposta. E os esquerdistas tinham. Era a revolução socialista. Ou comunista? Pronto, já dava pano para muitas horas de debate. Fui lendo todos os livros que o meu amigo me recomendava. Consegui ficar sócio da biblioteca. Passava as tardes no bar sempre lendo. O pessoal chegava e dizia que achava legal eu estar com aqueles textos. Comentavam alguma coisa sobre as leituras e não perdiam a oportunidade para vender o seu peixe ideológico. Quem era de uma tendência diferente da que embasava o livro que estava nas minhas mãos já colocava uma objeção. Eram sempre muito educados. Hoje sei que eram políticos. Começavam elogiando a coerência do autor, sua honestidade intelectual e depois baixavam o cacete. Como fui criado ouvindo um desfile de pontos de vista, ouvia mais um e pensava sobre ele. Sempre devolvia uma resposta que deixava todos meio sem ação, pois não rebatia a afirmação para sustentar outra corrente de pensamento. Apenas avaliava por mim mesmo. Não estava em guerra. Estava pensando. Começaram a perguntar se eu era de centro. Perguntei o que era isso. Eles disseram que havia os de centro-esquerda e os de centro-direita. Achei engraçado. Se é do centro, como pode ser da direita ou da esquerda? Centro não é no meio? E já que não havia ninguém nessa posição, exatamente no meio de tudo, no lugar para onde convergem todas as visões, comecei a responder que eu era de centro-centro. Eles riam e acharam um novo lugar para mim. O de desbundado. Era assim que classificavam o meu amigo. Foi com ele que saí para acampar pela primeira vez. Minha namorada foi junto e a dele também. Lá pude entendê-lo melhor. Ele estudava outros autores que faziam a crítica do pensamento de esquerda. Que valorizavam o prazer, o corpo, a sexualidade. Aquele papo todo já me dava um tesão e, pelo jeito, na minha namorada também. Saíamos de fininho e íamos para a nossa barraca. Talvez ela nem estivesse aí para a conversa. As mulheres cultas como ela sabem um monte de coisas, mas parecem ter mais o que fazer do que ficar horas falando sobre o que já sabem. Os homens ficam recitando todo o seu saber. E meu amigo sabia muito. Mas duvidava de tudo. Todo aquele saber para, no fim das contas, não saber de nada. Isso me aproximava dele. Eu também não sabia de nada. Acho que ele não agüentava mais conviver com aqueles seus colegas cheios de respostas pra tudo. A saída para ele era experimentar. Foi durante um tempo de uma tendência. Depois passou para outra. Depois entrou para o movimento ecológico. Por último, virou zen budista. Eu o acompanhei em todos esses momentos. Fui com ele a várias assembléias. Nelas, aprendi muito sobre política. Por exemplo, se o cara que está na mesa, comandando a assembléia, quer defender uma posição, ele sai da mesa. Vai para o microfone que está no plenário. Isso, que parece bobagem, caracteriza que ele não está falando como alguém diferente dos outros. O lugar de onde se fala é importante. Mesmo com toda aquela guerra de ideologias, havia um grande sentido de ética para todos. Ninguém iria passar a perna em ninguém. Os grupos se combinavam antes das assembléias. Discutiam e votavam seus pontos de vista. O que saía dali era a posição do grupo. Os que pensavam o contrário não iriam expor isso em público. Eram voto vencido e, na assembléia, defenderiam a posição vencedora como se fosse sua. Eu achava essa conduta deles mais importante do que o que diziam. No grupo dos ecologistas, falavam que a questão maior era a sobrevivência do planeta. Que tanto os capitalistas quanto os socialistas estavam destruindo tudo. E se continuassem em guerra para um derrotar o outro iriam acabar explodindo a Terra. Também adoravam um acampamento, tomar banho de rio sem roupa — viva a natureza, eu pensava, com aquela mulherada toda nua. E com os zen a coisa já era vista de outro jeito. Diziam que a mente é que criava todos os problemas. A mente criava desejo. E desejo só trazia mais desejo numa roda sem fim. Era o mundo da ilusão. O negócio era meditar para encontrar o ponto de silêncio. A não-mente. Uns querendo mudar o mundo, outros querendo salvar e outros querendo não querer. Como se vê, ter um eu no meio de toda essa confusão não é tarefa das mais fáceis. Mas eu tinha. Meu eu ia se construindo pegando um pouco de cada coisa. Selecionava o que achava melhor em cada experiência. Tentar mudar as coisas era um dos aprendizados. Contrastava com o que ouvia no bar do meu pai. Havia pessoas interessadas em mudar e mesmo países em que estavam tentando. Saber que o mundo pode acabar se não se cuidar dele, era algo que tinha, pelo menos, uma boa intenção.

É claro que os problemas são enormes e não se resolvem com banho de cachoeira. Mas vá lá. E o tal do zen, meio maluco, mas combinava um pouco comigo, que não conseguia ficar preso a nada, a nenhuma idéia, que via tudo como fala. Escutar em silêncio era o que tinha aprendido com meu pai.

3

Mas o silêncio, que tão boa companhia me fez durante a vida, agora é meu inimigo. O silêncio aqui é como o escuro. Ambos não respondem nada. Em alguns momentos, quando não agüentava mais, esmurrei as paredes, gritei durante quem sabe horas, só para não ficar em silêncio. Sabia que ninguém viria me socorrer. Ninguém iria se comover com o meu estado. Não tinha esperança alguma. Quando ficava exausto, dormia. O silêncio e o escuro se dão bem quando a gente dorme. Acordava mais calmo e me punha a pensar se tudo aquilo não era na verdade uma trama armada para me enlouquecer. Um método diabólico que levaria à esquizofrenia. Eu acabaria acreditando que troquei de eu e ficaria dividido entre um eu que conheço e um outro eu fantasma que não sei como é, mas que me assombra. Precisei me controlar muito para que isso não acontecesse. Nessas horas, o que aprendi com as meditações dos zen budistas me serviu muito. Ficava concentrado, sem pensar em nada, ou apenas acompanhando um ponto luminoso dentro da minha cabeça. Pelo menos dentro dela, havia luz. Um pontinho de nada, mas tinha. Relaxava todo meu corpo, dos dedos dos pés aos fios de cabelo. E assim atravessei muitos dias. Quantos, não sei. Como não sei se já mudamos de ano ou estamos no mesmo. Como também não tenho certeza se devo mesmo continuar buscando em que momento possa ter deixado de ser eu. Busco isso certamente para provar que nada aconteceu. Nunca houve essa troca. Quanto mais eu tiver certeza, quanto mais dados eu tiver, poderei passar para o meu advogado de defesa. É impossível que eu não tenha pelo menos o direito de me defender. Depois de tudo o que eu fiz pela cidade, seria uma ingratidão sem limites. Para que serviram anos e anos de estudo? Acabei me formando em história. Fiz mestrado em economia e doutorado em direito. Voltei para a cidade a convite da prefeitura. Isso, depois de ter sido líder estudantil e sindical. De ter feito parte da direção de um dos maiores partidos de esquerda do país. Minha capacidade de negociação era invejável. Sabia conciliar posições contrárias. Sabia mostrar a todos o que tinham em comum. Unia as forças em nome da revolução. Na verdade, nunca veio revolução nenhuma. Sempre desconfiei de que não viria mesmo. Mas se não acreditasse nisso, iria acreditar em quê? Já estava cansado de não acreditar em nada. O que iria dizer para os outros? Que tudo é relativo? Que tudo depende do ponto de vista? Ninguém vai muito longe pensando assim. Meu amigo desbundado me acompanhou em todos esses momentos. Éramos dois líderes em dúvida. Mas decidimos seguir adiante, guardando a dúvida para nós mesmos. Não tínhamos muito o que fazer com ela. Dúvida não dá emprego para ninguém. E uma hora na vida a pessoa precisa trabalhar, pagar as contas, criar os filhos. O que compram de você é alguma certeza. Se você não tem, invente uma. Finja. Numa empresa capitalista ou num partido comunista, todos querem certezas. Até psicanalista vende alguma certeza, mesmo que feita pela teia frágil de palavras. Então usamos nossos conhecimentos para levar adiante a luta pela revolução. Tomamos o poder pela democracia. Todo mundo comprou as nossas idéias. Mas quando as pusemos em prática, as coisas eram muito mais complicadas. Os indícios de que isso iria acontecer já eram evidentes. Mas seguíamos junto com os outros quase como um grupo religioso. A fé na revolução nos fazia seguir. Como ela viria, não se sabia, mas viria inevitavelmente. A nobreza da nossa causa nos fazia acreditar que era impossível não conseguirmos realizar nosso projeto. E o que aconteceu? Fomos ficando desgastados. Fizemos várias coisas importantes, é verdade. Mas o que queríamos realmente fazer era impossível. O mundo tinha andado mais rápido do que a nossa capacidade de mobilização. Levamos anos pregando nossas idéias que poderiam ter algum efeito vinte anos antes. E vinte anos foi o tempo que levamos para chegar ao poder. Quando chegamos, não sabíamos o que fazer com o presente que já era outro. Mudar tudo para se adequar ao presente seria uma proposta suicida. Até tentamos, mas nos acusavam de vira-casaca. Viramos um prato cheio para a guerra de tendências que tínhamos conseguido unir. Nós, que éramos a salvação, passamos a ser o algoz. Como eu iria dizer que, no fundo, sempre duvidei daquilo tudo? Eu, que encorajei a todos com a minha capacidade de discurso, de lógica, de ouvir? Voltei para a minha cidade como um grande homem. Um líder nacional que agora iria se dedicar ao lugar onde nasceu. Na verdade, fui para lá a fim de me esconder. Procurava, ingenuamente, o clima da minha infância. Pensava que lá ainda havia o espírito dos reformistas. Um lugar aberto para que cada um ficasse em dúvida. Mas ajudei a destruir até isso. Todos lá agora eram cheios de certezas. Comecei então a semear a dúvida. Meus discursos, depois que me tornei prefeito, eram feitos mais de perguntas do que de respostas. No começo, todos me ouviam em silêncio por respeito ao meu nome e ao meu passado. Com o tempo, começaram a vir os questionamentos.

Queriam saber afinal o que eu pensava de fato. Num programa de televisão, colocaram cinco especialistas em política, economia, sociologia, história e arte para debater comigo. Queriam, de fato, era saber de que lado eu estava. Desconversei. Devolvi todos os questionamentos aos questionadores. Fui elogiado quando disse que estava na origem da história da nossa cidade cada um construir por si mesmo as suas respostas. Funcionou como um paliativo para me deixarem em paz por um tempo. Mas quando as medidas do meu governo começaram a ficar evidentes, voltaram à carga. A pergunta era se eu tinha consciência de que não era para aquilo que tinha sido eleito. Devolvi com perguntas novamente. Perguntei o que eles fariam se estivessem no meu lugar. Suponham, eu disse, que se alguém tivesse tomado o meu lugar, um clone, o que faria de diferente? Disse que só estava fazendo o que tinha que ser feito no mundo de hoje. Talvez tenha sido justamente nesse ponto que começaram a desconfiar de que eu não era mais eu. Eu mesmo lhes dei a pista. Agora me dou conta da bobagem que fiz. Por isso começaram tantos interrogatórios todos os dias. A última pergunta, a questão fatal foi quando quiseram saber o que eu achava da situação atual. Respondi que concordava com os que diziam que o estado deve reduzir sua participação na economia, que o setor produtivo é que vai gerar o desenvolvimento, a distribuição de renda e a melhoria da qualidade de vida. E também concordava com quem achava isso péssimo, pois a diferença de classes gera violência. Concordava com as premissas de solidariedade e de acabar com a mais-valia propostas pelo socialismo. Concordava que o ser humano é um pouco egoísta e que precisa competir para crescer. E também concordava que ficar parado nos instintos animais da espécie também não leva a nada. É preciso desenvolver um sistema de vida baseado na razão, na capacidade de dividir. Respondi que me sentia como meu pai que ouvia uma posição e dizia "ah, isso é verdade" e quando ouvia outra totalmente contrária dizia o mesmo. Passei anos mostrando um eu sólido, cheio de certezas e nunca mostrei esse outro. O que faria com ele? Conseguiria no máximo ser o dono de um armazém.

4

Agora, nesse escuro com o qual já estou me acostumando, começo a ter uma certeza. Troquei de eu com meu pai. Foi isso o que aconteceu. Quando ele morreu, entrei numa crise violenta. Foi como se eu tivesse também morrido. E vejo que morri. Morri para ele voltar a viver. Viver no meu corpo. É melhor morrer do que viver sem pai. Estava tão mal que não notei a diferença. Não notei porque, na verdade, sempre fomos iguais. Todo o meu estudo era só para disfarçar a simplicidade dele. A minha atividade política para ninguém achar que eu era alienado como ele. Afinal, um homem atrás de um balcão servindo um monte de lunáticos não pode ser nenhum perigo para o poder. Lutei contra a dúvida como pude para que não vissem em mim o que ele era. Podem agora vir me levar para o julgamento. Vou admitir tudo. Darei para o promotor argumentos que ele sequer sonhou. Facilitarei o seu trabalho. Vou contar sobre a minha infância quando saímos para comprar equipamentos para o bar. Fui junto, orgulhoso do pai. Quando passeávamos de carro e eu o observava dirigindo. Quando o via fazendo barba. Quando simplesmente caminhávamos pela rua, ele grande e eu pequeno. Vou falar das demonstrações de afeto que eu nem sabia quando era bebê e minha mãe contou. Dos cuidados com a minha saúde. Da mão fria dele na minha testa quente para saber se eu ainda estava com febre. Talvez, quando começar a contar tudo isso, cada um se lembre de si mesmo e do que passou com seu pai. Talvez comecem a me dar razão. E os que já perderam seus pais descubram que também trocaram de eu por amor a eles. Então vão entender o que passei e pedirão desculpas. E vendo tanta gente assim como eu, talvez até volte a ter o meu eu de novo e deixe o eu do meu pai descansar em paz.

Leões

O rei já foi bem claro. Qualquer suspeita de traição será resolvida de uma maneira bem simples. O acusado será jogado aos leões. Dou carne aos leões. Trato-os todos os dias com braços, pernas, cabeças e um pouco de água. O rei também vem vê-los umas três vezes por semana. Faço reverência a ele e fico em silêncio. Qualquer deslize pode ser fatal. E se o rei achar que também sou um traidor disfarçado de tratador de leões? A população do castelo vem diminuindo mês a mês. Já foram jogados mais de cem entre homens e mulheres. As acusações são sempre difíceis de provar. Tanto de provar que o acusado é inocente como de ficar claro que ele não é. Na dúvida, aos leões. Por isso, as conversas na corte ficaram todas truncadas. As pessoas quase não completam mais as frases. Começam a falar e no meio se dão conta de que o que estão dizendo pode ser interpretado de outra forma comprometedora. Logo desconversam. Mas a mudança repentina de assunto também denuncia que se pode ter algo a esconder. Então voltam ao tema anterior. Mas se dão conta de que o novo tema interrompido é que pode ter deixado algo no ar. Falar no castelo está muito, muito complicado. As falas estão se tornando verdadeiros labirintos por onde quem fala se perde. Como os corredores subterrâneos do castelo. Dizem que lá por baixo há centenas de pessoas vagando sem encontrar o caminho de volta. Mas isso pode ser mais assunto para envenenar a imagem do rei. Pode ser idéia plantada por algum traidor. Mas quem é traidor e quem não é? Por isso, os leões. E agora mesmo já começam a rugir de fome. Olham pra mim como quem diz que se eu não der carne dos outros vão devorar a minha mesmo. Abro a urna e jogo mais pedaços de pernas, costas, dedos. O rei já se foi. Ficou um bom tempo em silêncio olhando para os bichos ferozes. Já dispensou até sua guarda pessoal. Dispensar é uma forma branda de dizer. Já os jogou aos leões. Melhor estar desprotegido do que protegido por quem se desconfia. Os guardas andavam sempre próximos ao rei. Eram os primeiros que o viam sair de seu aposento. Na maior parte dos lugares, só estavam eles e o rei. E os guardas têm sempre um álibi perfeito. Podem alegar que alguém entrou no castelo e matou o rei. Podem ferir a si mesmos para tornar a versão mais crível ainda. Eu não condeno o rei por tê-los eliminado. No lugar dele, faria o mesmo. Como também concordo com a eliminação dos quatro conselheiros. Ouvir conselho já é por si uma cilada. Nunca se sabe com que intenção a pessoa está nos falando para fazer algo. Seguramente algum benefício ela está pensando em ter com a nossa ação. Vai nos levando para realizar na verdade o que é bom para ela. Ou pior: algo de ruim para nós. Ou as duas coisas ao mesmo tempo. Na dúvida, aos leões. E os quatro conselheiros juntos para não deixar margem de dúvida. Mas não comento muito isso que acho com ninguém. Podem pensar que no fundo estou querendo criar uma idéia de que amo o rei para que nunca suspeitem de que eu o poderia trair. Quem muito elogia esconde no fundo uma inveja ou até um desejo de destruição. Quem suporta viver ao lado de quem só tem qualidades? Nossos defeitos nos igualam e nos fazem suportar a presença dos outros. Até do rei. A fragilidade, o medo podem ser os maiores defeitos desse soberano. Se enfrentasse de uma maneira destemida a possibilidade de ser traído, não precisaria ficar enchendo barriga de leão todo dia. Ele, que parece tão forte, é na verdade um rei fracote. E não penso isso muito tempo para não dar margem a acharem que eu estou traindo o rei. O que a gente pensa acaba dizendo por descuido. É melhor aprisionar meus pensamentos na masmorra. Se pudesse os jogaria aos leões.

Urubus

Mais uma bomba acaba de explodir. Foi aqui por perto. Ouço escondido nesta caverna. Lá fora, todos estão destroçados. Os urubus estão começando a devorar pedaços dos meus companheiros. Já tentei espantar, mas é impossível. Voltam a cada vez em maior número. Daqui a pouco, acabam comigo vivo mesmo. Ninguém sabe que estou aqui. Só os urubus. As tropas inimigas devem estar certas de que destruíram tudo e todos por aqui. Mas eu sobrevivi. Pelo menos por enquanto. Saio rastejando pela areia em busca de comida. Não faço o menor barulho para não chamar a atenção dos urubus. Entro nas barracas que ainda ficaram de pé. Vasculho restos de mantimentos. Sempre acho alguma coisa. E também alguma foto de filhos, namoradas, esposas. Levo-as para a caverna. Estou fazendo uma espécie de álbum. Quero montar a memória de todos. Já tenho uma pilha de imagens. Todos sorrindo, felizes. Acho que busco essas fotos para ter uma esperança de que existe vida ainda. Existem pessoas que não estão destroçadas nem sendo devoradas por urubus. Talvez nunca mais veja ninguém que conheça. É só uma bomba dessas que explodem aqui perto desviar um pouco sua rota. Por um erro ela me acerta. Ouço passos e vozes. Fico na parte mais escura da caverna. São soldados inimigos. Vasculham tudo. Atiram nos urubus, que fogem. Falam no rádio que carregam. Acabam indo embora. Saio de novo da caverna e pego todas as armas que encontro. Monto um arsenal dentro da minha caverna. Podem vir que abro fogo. Achei boa idéia atirar nos urubus. Mas se fizer isso, acaba minha munição. Em vez de gastar com urubu, quero picar à bala esses que mataram todos por aqui. Só gastei balas para matar duas cobras e cinco ratos que circularam pela caverna. Estava dormindo e acordei com uma coisa mole correndo em cima de mim. Duas vezes eram cobras e cinco eram ratos. Dormir também é uma das coisas mais aterrorizantes. Só durmo quando não agüento mais. Luto até o último instante. E se chegarem os inimigos e me liquidarem dormindo? E se algum bicho me morder, me envenenar, me devorar inteiro? Tenho pesadelos com isso e acordo pegando a arma e atirando por tudo. Já pensei em me entregar. Quando aparecerem os soldados, mostrar que estou vivo. Mas quem garante que não me matam na hora? Ou pior, podem me torturar, fazer coisas que são piores do que morrer. É impossível sair daqui. Em volta, só há inimigos. Não tem rádio funcionando nem nenhuma outra forma de comunicação. Os únicos humanos por perto querem me matar. E os bichos também. Já fui mordido por não sei quantas formigas. A minha sorte é que sou muito maior do que elas. O cheiro de carniça já está insuportável. Meus amigos viraram carniça. Olho para eles e percebo que todos somos um amontoado de carne e ossos. Nada mais. Tudo o que pensamos, tudo o que sentimos não nos salva. Nossas palavras que nos tornam tão fortes, tão superiores aos outros animais não servem para nada. Nossa educação, nossos valores, nosso amor à pátria são um recheio inútil. A bomba não seleciona quem é mais culto, mais bondoso, mais bem-intencionado. Nem quem tem pessoas esperando ou não tem ninguém no mundo. A bomba quer destroçar a nossa carne. Assim como os urubus. Meu cabelo já cresceu. Minha barba já está enorme. E vivo numa caverna.

O MAREMOTO

Todo mundo já havia se mandado da cidade. Menos ele. A defesa civil avisou que o maremoto chegaria em questão de dias. O exército vasculhou as casas, levando à força quem se negava a ir. Ele se escondeu num bueiro. Lá de baixo, via as botas dos soldados passando. Depois de cinco dias, não passava mais ninguém. Ele saiu do útero da rua e viu a cidade fantasma. As casas estavam trancadas. Como se adiantasse. A água mansa passa pelas frestas da porta. Enfurecida, derruba as paredes, o teto, tudo. Ele entrou numa casa quebrando os vidros da janela. Foi até o armário da cozinha e pegou um pacote de biscoitos. Com o controle remoto na mão, ligou a tv e ficou passeando pelos oitenta canais. Quando escureceu, subiu para o quarto, ligou o ar-condicionado com o controle remoto e dormiu entre cobertas limpas e cheirosas. Pela manhã, tomou iogurte, comeu os últimos biscoitos e foi para a rede ler um livro. À tarde, invadiu outra casa. Dessa vez foi mais fácil ainda. Bastou dar um chute na porta. Nas paredes, várias fotos. Tomou banho na banheira com espuma. Bebeu champanhe até vomitar de bêbado. Dormiu e só acordou no outro dia, às quatro da tarde, sem saber onde estava. Tomou outro banho na banheira com espuma. Botou um terno preto que achou no guarda-roupa. Deu o nó na gravata. Calçou um sapato lustroso e foi para o clube. Ligou o som e ficou numa mesa bebendo cerveja e comendo azeitonas. Dormiu na mesa entre dúzias de garrafas. Acordou zonzo e foi caminhar pela rua. Viu uma casa grande com um enorme jardim na frente. Pulou o muro do pátio com piscina. Com a tesoura de cortar grama, arrombou a porta dos fundos e entrou. Botou um calção de banho, passou protetor solar, deitou numa cama de ar dentro da água. Na borda da piscina, um drinque com gelo e um pedaço de laranja. Ao lado, salgadinhos. Quando escureceu, tomou um banho de chuveiro e vestiu um roupão branco. Nos pés, um confortável chinelo. Dormiu como um anjo. No dia seguinte, foi até a geladeira, mas ela estava desligada. Tentou acender a luz, mas não ligou. Vestiu-se com um jeans caro, um tênis com amortecedor e uma camiseta com a marca estampada no peito. Entrou noutra casa em que a porta tinha ficado aberta. Tentou ligar todos os interruptores, mas ali também não tinha luz. A energia havia acabado de vez. Entrou em mais três casas. As geladeiras já começavam a cheirar mal. O banho, só frio. Não dava para ver tv nem ouvir cd. Bebida, só quente. Foi embora da cidade.

O projeto

Tudo o que foi feito não estava exatamente de acordo com o que todos haviam autorizado? Então, onde está o erro? Os recursos foram levantados. O plano, minuciosamente visto e revisto. Depois, a comissão da primeira revisão fez suas considerações. O relatório foi todo atendido. As alterações, todas realizadas. Voltou para eles. O ok foi dado. Enviamos então para a comissão da segunda revisão. O mesmo procedimento. Sugeriram alterar apenas dois itens de importância periférica. Alteramos. Mandamos de volta. Recebemos por escrito a autorização para seguir adiante. Essa foi a primeira vez em que cumprimos todas as etapas de segurança. O que pode ter dado errado? O sistema foi criado para acusar qualquer falha. Seja de natureza humana, técnica, mecânica, virtual. Jamais algum projeto teve uma tão completa assistência do que há de mais avançado em termos de implantação. Evoluímos das variáveis binárias para as múltiplas, prováveis e improváveis. Criamos o exclusivo formulador de improbabilidades. Listas e listas de improbabilidades geradas numa velocidade muito maior do que a geração de probabilidades. A cada probabilidade, eram geradas no mínimo cem improbabilidades que permitiam medir o grau de risco e de não risco. Mais: um novo programa desenvolvido durante doze anos de teste foi usado. Sua função é desfazer tudo o que foi feito. Após tudo desfeito, ele refaz. Se for possível tudo, exatamente tudo, ser refeito é porque não há nenhuma falha. Poderia ter sido feito pelo acaso, pela sorte, por uma combinação inusitada de temperamento humano e recursos, por condições históricas que nunca se repetiriam, por influência do ambiente, do clima, da cultura, por uma força que não dominamos, esotérica, mística, seres de outra dimensão, enfim, por tudo aquilo que não conhecemos. Não podemos descartar o que não conhecemos. Esse teste é uma das maiores conquistas da nossa civilização. E ouso dizer que é a maior pelo menos dos últimos duzentos anos. Desafia o que está feito a se refazer. É um programa que trará uma avaliação precisa em todas as áreas. Toda a produção em série vai ganhar uma nova qualidade de avaliação. Fazer e refazer um carro, um computador, o próprio programa. Também vai se aplicar a operações de natureza contratual. Após o negócio fechado, o teste. Refazê-lo por quantas vezes quiser até ter a certeza de que é mesmo um bom negócio. Desvendar os mistérios das obras de arte. Refazer a Mona Lisa. O seu sorriso é possível de ser refeito? Se não for, será falso? Não é um enorme benefício testar a arte? Nesse ponto nem todos concordam comigo. Acusam-me de sentimentalóide, de não me ater ao nosso foco. Mas não dou ouvidos. Um dos mais revolucionários benefícios será na vida pessoal, mais precisamente na vida afetiva. Fazer e desfazer um relacionamento amoroso. Submetê-lo ao teste. Se for capaz de ser refeito, sem nenhuma alteração, é um relacionamento verdadeiro. Mas quem terá a coragem de fazer um teste desses? O fracasso de mercado na aplicação desse programa na vida pessoal é o que mais me apontam. Mas talvez haja um uso clandestino, solitário. Poderemos vender com senha, entregar em endereço falso, criar uma venda totalmente secreta e impessoal. Sim, porque a revelação da inverdade de um relacionamento é algo que ninguém quer que seja mostrado em público. Nem os dois amantes entre si. Até porque a inverdade de um pode não ser a inverdade de outro. Mas já estou divagando e dando margem justamente ao que me acusam: sair do foco. Porém, se não fosse pela minha capacidade de enxergar mais do que o imediato, jamais teríamos criado o formulador de improbabilidades e o programa que desfaz e refaz. Usamos esse programa no nosso projeto, e o que aconteceu? Tudo o que fizemos se refez instantaneamente. Quando saiu o resultado, todos os executivos se abraçaram, aplaudiram, vários choraram. Um chegou a desmaiar e foi socorrido no meio do tumulto. Aí, vamos à implantação, seguros, confiantes como nunca antes estivemos, e o que se passa? Erro. Onde está o erro? Como vamos corrigir algo que todos os nossos instrumentos de avaliação consideram perfeito? Com o que vamos nos guiar? A ala dos obscuros cresce é justamente nessa hora. Não falei, mas há entre nós, com sala e tudo na companhia, cartão com a mesma marca da nossa empresa, uma ala dos obscuros. A principal tese deles é que devemos deixar sempre uma margem de sombra. Já perdi tardes e tardes em infrutíferos debates com eles. Divergimos sempre na mesma questão. Coloco que a sombra não é algo que se pode planejar. A sombra é a nossa condição humana. Se a iluminamos, deixa de ser sombra. E não a iluminamos porque não a vemos. Porque é impossível a nós vê-la. Eles concordam com o paradoxo que formulo, mas dizem que é justamente esse o ponto a superar.

Três motivos para matar o doutor Arnaldo

Que relação a senhora... Senhorita. Certo, que relação a senhorita tinha com o doutor Arnaldo? Eu era secretária dele. Apenas secretária? Temos informações de que era um pouco mais do que isso. O que o senhor está querendo insinuar? Não costumo insinuar. Diante da lei, as coisas são ou não. É melhor a senhorita falar a verdade. Temos técnicas de investigação que revelam o que a senhorita nem imagina. Então? Eu e o doutor Arnaldo tivemos um caso. Que durou cinco anos? Não é muito tempo para chamar de caso? Não foram cinco anos. Se somar o tempo em que ficamos juntos de fato, dá uns três anos. O resto do tempo foi todo de brigas e separações. Por que motivo vocês brigavam? Isso era problema nosso. Não tenho que ficar abrindo a minha vida pessoal para o senhor. Meu advogado me orientou que posso não falar nada se eu quiser. Suponho que brigavam pelo seu temperamento agressivo como nessa pequena demonstração que estamos tendo aqui. Eu com temperamento agressivo? Se o senhor tivesse convivido um dia com o Arnaldo, iria ver o que era agressividade. Era por isso que brigavam? O Arnaldo queria que eu ficasse com ele na hora em que bem entendesse. Mas isso só valia pra ele. Quando eu precisava da sua presença, não podia ligar. Por quê? Ora, por quê! Pela família dele, pela esposa, pela posição social, pelos negócios. Era tudo para ele e nada para mim. Nada mesmo? Quer dizer, nada do que realmente importa. O que uma mulher quer é um pouco de atenção. Mas ele só me dava dinheiro. Deu tanto que não tinha como me livrar dele. Aumentou tanto o meu salário que jamais iria achar outro emprego de secretária ganhando o que eu ganho. Então ele comprou a senhorita? De um certo modo... Isso a incomodava muito? Claro... A ponto de pensar em acabar de uma vez por todas como essa situação? Sim. A senhorita matou o doutor Arnaldo? Muitas vezes. Como assim? Devo ter sonhado umas vinte vezes que o matava. Acordava aos gritos, ao mesmo tempo leve e culpada. Era uma sensação horrível. Não desvie a resposta. Vou perguntar de novo e quero apenas um sim ou um não. A senhorita matou o doutor Arnaldo? Talvez. Acho que não fui claro ou a senhorita está querendo brincar com fogo... Não, não, é que, no dia em que ele morreu, ameacei de contar tudo para a sua esposa. Ele saiu transtornado, pegou a arma no cofre antes de ir embora. Pensei até que ele iria atirar em mim. Foi encontrado morto, com a arma ao lado.

Nada ainda foi provado. E, se ele se matou, pode ter sido tudo por culpa minha. Não consigo dormir pensando nisso desde que tudo aconteceu. Me sinto uma assassina. Acho que se eu o tivesse matado de verdade não me sentiria tão mal como venho me sentindo. Como a senhorita disse, nada ainda foi provado. Nem o que está me contando agora. A senhorita sabia que ele tinha uma arma no cofre? Sim. E como secretária pessoal, a senhorita tinha também acesso e sabia a senha? Tinha. Ele saiu transtornado, dizendo que a senhorita poderia contar o que quisesse. Ninguém iria dar crédito. Ficaria a palavra de uma simples funcionária contra a de um doutor bem-sucedido, respeitado na sociedade, rico, influente, com poder suficiente para acabar com a vida de quem quisesse. Não precisaria matá-la. Pegou o telefone e botou na sua mão, falando "ligue agora, vamos". Bateu a porta com olhar de desprezo. A senhorita ficou com uma raiva incontrolável, centenas de vezes maior do que essa que esboçou aqui. Abriu o cofre com um lenço, pegou a arma e seguiu o doutor Arnaldo. Quando o encontrou, atirou a sangue-frio. Depois, colocou a arma ao lado dele para pensarem que foi suicídio. Como disse meu advogado, não preciso responder ao que achar que não faz sentido. O senhor não pode me incriminar com suposições absurdas. Eu não matei o doutor Arnaldo, embora motivos não me faltassem para isso.

Que relação o senhor mantinha com o doutor Arnaldo? Eu era sócio dele. Era? Não é mais? Deixei de ser há um ano.

E foi sócio durante quanto tempo? Nove anos, desde o início da empresa. O senhor fundou a empresa com ele? Fundar... eu tive a idéia toda! Sem mim, nunca teria havido empresa nenhuma. Sem o senhor e o dinheiro do doutor Arnaldo. Sim. Ele entrou com o capital, e eu, com o trabalho. Meio a meio? Não. Fiquei com dez por cento das ações para pagar em dez anos. E pagou? Iria pagar no final do ano passado, mas tive que vender minhas ações. Para quem? Para o doutor Arnaldo. O senhor queria vender? Não. E por que vendeu? Fui obrigado. Como assim? Se não vendesse, seria afastado. Mas não arranjaria outra colocação rapidamente com toda a experiência em desenvolver uma empresa bem-sucedida? E ainda ficaria com os dez por cento. Por que não fez isso? Por que fui ameaçado. De quê? Ele iria lançar uma versão contrária a mim para o mercado sobre a minha saída. Seria o fim da minha carreira. Era a palavra do doutor Arnaldo contra a minha, que não sou doutor nenhum, não tenho toda a grana dele nem a rede de influências que ele possui. Possuía. Sim, possuía. Então ele esperou faltar um ano para que você pudesse comprar em definitivo as suas ações e depois tirou tudo... Ele me usou! Deixou que eu pensasse que era sócio, dono. Iludido, trabalhei duro. Trabalhei como se o negócio fosse meu. Montei. Dei todo o conhecimento que eu tinha para quê? Para ser traído. O senhor matou o doutor Arnaldo por isso? E não é motivo para matar? O senhor acha? Acho. E me culpo por não ter tido coragem.

Minha formação jamais permitiria. Fui criado acreditando nas pessoas. Sempre contornei os problemas dos outros. Pensava que, no fundo, ninguém age por maldade. Muito ajudei o Arnaldo a entender melhor os seus próprios sentimentos. Pensava que ele um dia iria se dar conta de vários erros. Apostava no lado bom dele. Mas o lado bom dele era só uma farsa. Ou não era, sei lá. Nunca o entendi direito. Hoje vejo que o besta fui eu. Dei assunto para um ganancioso, um aproveitador. Mas você não aproveitou nada? Como assim? Não ganhou dinheiro, projeção, distinção no mercado? Ganhei. E até aumentou o meu salário quando vendi as ações. Mas era tudo uma nova armação. O aumento foi para garantir que eu não conseguiria uma nova colocação em outra empresa. Ninguém me pagaria aquilo. Assim, vendi as ações e não pude ir embora. E ficou com o mesmo poder de antes? Não. Agora ele reinava sozinho. Se ia discutir uma idéia, falava que não precisava mais argumentar. Era para eu fazer o que ele estava mandando. Numa reunião em público, com todo mundo da empresa, deixou claro que ninguém mais precisava levar em consideração o que eu estava falando. Nunca me senti tão mal em toda a minha vida. Em que dia foi isso? No dia da morte dele. Mas não quer dizer nada. É só uma coincidência. Nunca peguei numa arma. Nem sei como funciona. O senhor sabia que ele tinha uma arma dentro do cofre? Claro. O senhor, como sócio, também tinha acesso e sabia a senha naturalmente... Sim. Não é preciso doutorado na Sorbonne para aprender a usar uma arma. A necessidade ensina. A sua humilhação pública o fez ir até o cofre, pegar o revólver, cuidando, é claro, para não deixar impressões digitais. Foi ao encontro do doutor Arnaldo. Antes de mostrar que estava armado, falou a ele tudo o que estava engasgado durante um ano inteiro. Deixou claro que tudo aquilo que foi construído na empresa era seu. Com ações ou sem. O lado ruim do doutor Arnaldo fez despertar o seu lado ruim. Todos nós temos. É só aparecer a ocasião para ele se manifestar. O doutor Arnaldo primeiro trouxe para fora a capacidade profissional do senhor. Depois, o seu instinto assassino. Gostaria de ter feito tudo isso que o senhor falou agora, senhor inspetor. Mas não tenho toda essa capacidade de responder aos meus instintos. Se tivesse, talvez nunca precisasse da ajuda do doutor Arnaldo.

Que relação a senhora mantinha com o doutor Arnaldo? Todo tipo de relação. Eu sou a esposa dele. Era a esposa, a senhora quer dizer. Não. Sou. Ninguém se livra do Arnaldo assim de uma hora pra outra. A senhora gostaria de ter se livrado dele? E quem não gostaria? O diabo é que ninguém conseguia. Por que ninguém conseguia? Ele sabia enredar as pessoas. Enredou a senhora também? Sim. Como vocês se conheceram? Numa boate. Eu era dançarina. Uma boate para homens, um bordel? Exatamente. Ele me tirou de lá, me deu tudo, uma casa, um casamento. Eu era muito bonita. Ainda é. Obrigada. Certo, mas se foi tudo tão lindo por que a senhora queria se livrar dele? Porque ele não me respeitava.

Como assim? Tinha outras mulheres. Dizia que eu não podia me queixar. Tinha tudo. Se não quisesse, que voltasse para o bordel. Como eu iria voltar? Chegar lá e dizer que não tinha dado certo, que era só um conto de fadas e a bruxa malvada fez um final infeliz? Fiquei mais louca quando ele se enrabichou com a secretária da empresa e não queria mais largar a bisca. A senhora sabia então do relacionamento dele com a secretária? O senhor também sabe? Sim. Mas quem está fazendo perguntas aqui sou eu. Certo. Eu botei escuta nos telefones da casa e da empresa. Ouvia as conversas dos dois. Só porque eu era puta não quer dizer que eu concorde com traição. Nunca fui de fazer ménage. E era dançarina, não era puta. Dançava e ia pra casa. Nunca pensei em ter um homem só pra mim. Quando tive, fiquei realizada. E depois ele me inventa de ficar pulando de galho em galho? Ameacei contar pra todo mundo na empresa. Dizer que o doutor Arnaldo era, na verdade, um baita dum cretino. Ele disse que eu poderia ir lá. A minha história era mais suja do que a dele. Quando ele me jogou isso na cara, me subiu uma coisa. Tive vontade de matar o pilantra. E matou? Não. Fiz coisa pior. Vasculhei durante meses toda a vida passada dele. Contratei um detetive particular. E sabe o que eu descobri? Ele não era doutor coisa nenhuma. Comprou o título de uma universidade picareta. Nem faculdade tinha. O detetive colocou nas minhas mãos todas as provas. Apresentei para ele, dizendo que, se ele não largasse a outra, eu ia botar fogo no circo. Sabe o que ele fez? Não. Pegou uma fita de vídeo em que tinha imagem minha dançando pelada no bordel. Ele voltou lá nos quintos dos infernos onde me conheceu, no interior do interior, só pra ter uma prova que condenasse o meu passado. E ainda teve a pachorra de dizer que estava só esperando a oportunidade para usar. Era uma precaução sua. Que gente como eu uma hora ia mostrar as garras. Quando foi isso? No dia em que ele morreu. A senhora, como esposa, tinha a chave do cofre da empresa? Tinha. Ele não confiava no sócio e dizia que, se alguma coisa acontecesse, era para eu pegar as barras de ouro que estavam no cofre antes do songamonga que era aquele seu parceiro. E sabia que ele guardava uma arma lá? Sabia. Mas isso não quer dizer nada. O sócio também sabia. E a secretária também. O senhor deve estar sabendo disso. Não está? Estou. E também sabe que eu não sou a única que tinha motivo para acabar com a vida do Arnaldo, imagino. A senhora está querendo dizer que os três foram pegar a arma, sem saber um do outro? Quando se encontraram, combinaram de fazer o serviço juntos? Partiram atrás do doutor de meia-tigela e o picaram à bala? O senhor é que está dizendo.

Sobe

Ele entrou no elevador depois de mim. Cheguei mais para o lado e fiquei olhando para o painel. Contei todos os números. Li uma série de coisas inúteis, o telefone da empresa que fez a revisão, a capacidade máxima, as plaquinhas de proibido fumar. Íamos até o vigésimo quarto andar, mas estávamos ainda no terceiro. Ele tirou do bolso um canivete, daqueles automáticos, que quando sai a lâmina faz um barulho. Fiquei parada por uns segundos, olhei no painel acima da porta e estávamos ainda no quinto andar. Estiquei rapidamente a mão para apertar o alarme, mas ele cortou minha mão com o canivete. Senti uma ardência e logo vi o sangue pingando. Comecei a gritar, mas ele botou o canivete no meu pescoço. Fiquei muda e o empurrei. Seu corpo bateu na parede do elevador. O impacto fez a cabine balançar. Vi que o painel marcava o sétimo andar. Fui apertar o botão de emergência, mas ele levantou e cortou minha mão outra vez. Me joguei sobre ele, e o canivete saltou de sua mão.

Ficamos os dois embolados no chão do elevador, e podia ver no painel que estávamos no andar doze. Tentei pegar o canivete, cheguei a tocar nele, mas fui arremessada violentamente contra a porta. A cabine balançou de novo. Ele esticou a mão para pegar o canivete, mas pisei bem forte com meu sapato de salto agulha. Ele gritou de dor e tentou me dar um soco, mas joguei o corpo para o lado como um lutador de boxe, e o soco explodiu na porta. Olhei para o painel e estávamos no décimo terceiro andar. Peguei o canivete e olhei bem nos olhos dele. Em segundos, pensei em quem ele seria. Se tinha filhos, uma esposa, se era louco, ladrão, assassino por prazer, um doido fugido do hospício, alguém que pirou duma hora pra outra, um serial killer, quem sabe quantas já tinha matado em elevadores, pensei que poderia ser presa, ser considerada eu a assassina, como iria explicar para os meus filhos que matei um homem, como iria dormir com aquilo na cabeça a vida inteira, e se achasse bom e começasse a matar um após o outro, talvez como ele, sim, porque tudo tem um começo um dia, lembrei que tinha faculdade, que teria cela especial caso fosse presa, achei nojento o sangue que iria escorrer, que iria sujar a minha roupa, que não iria nunca mais ficar limpa, e a lembrança da lembrança da lembrança ia me levar para o hospício e do hospício para o suicídio e ia ser mais triste ainda para os meus filhos e o meu marido terem que enterrar aquela louca, depois de todo o sofrimento da loucura ainda a tristeza do suicídio rondando os pesadelos de todos até o fim dos dias ou pior até o suicídio de cada um deles. Olhei o painel e vi que faltavam ainda cinco andares. Devolvi o canivete para ele.

O ATRAQUE

Todos de costas, virados pra parede. Por quê? Ele quis perguntar, mas não era bobo de levar uma cacetada, ser preso por desacato à autoridade. E o porquê nem estava ali. Morava longe. Era ordem do chefe de polícia, que cumpria ordem do secretário de segurança pública, que cumpria ordem do governador, que cumpria ordem do planejador da campanha que o elegeu, que cumpria ordem do departamento de pesquisa. Noventa por cento dos entrevistados atribuíam a falta de segurança ao baixo grau de intimidação que os policiais imprimiam nas suas ações. Os ladrões e marginais estavam tendo muita moleza, segundo os cidadãos. Era preciso baixar o cacete! E lá estava ele, que tinha saído pra comprar uma cerveja, ali na parede, redimindo a corporação policial. Agora todo mundo deitado no chão. Bem, já estavam passando dos limites. Pra que deitar no chão? Ele quase perguntou. Mas poderia soar como afronta. Seria levado aos socos para o camburão. Quem sabe quanta porrada no meio da cara, na barriga, nas costas. Cinco contra um. O mais exaltado daria um tiro na empolgação. Por acaso, acertaria bem no coração. Esperariam o sangue escorrer, a respiração parar. Dois dias depois, sairia sua foto nos jornais com a manchete: traficante reage à polícia e é morto. A população aplaudiria a ação enérgica dos homens da lei. Enfim não estavam dando mole pra bandido. O radialista iria dizer que agora sim as coisas andavam como tinham que ser. O executivo no carro ouviria o comentário e concordaria com tudo o que estava sendo dito. O patrocinador renovaria o contrato por mais dois anos e aumentaria a verba. O apresentador de tv iria lamentar o descaminho pelo qual enveredou um jovem. Mas, balançando a cabeça, diria que pior do que tirar a vida de um traficante é a impunidade. A senhora em casa suspiraria aliviada por estar assistindo a um homem tão justo. Chute na cabeça. Pra quê? Ele engoliu a pergunta e se protegeu com os braços.

Pois é

Deu pra saber onde estamos? Com os olhos vendados, é quase impossível. Pelo barulho, é no meio do mato. É. Quem será que eles pensam que nós somos? Sei lá! Alguém cheio da grana, mãe de jogador de futebol. Há quanto tempo estamos aqui? Umas três ou quatro horas... E será que alguém deu pela nossa falta? Acho muito pouco tempo. É. Quase sempre, passam meses sem dar por minha falta. Imagina se vão se lembrar de mim por ter sumido durante umas horinhas. E de mim? Quem vai se dar conta de eu que sumi? Eu daria. Sim, a senhora é a única. Mas está aqui comigo. Ainda bem. Ainda bem o quê? Ainda bem que você está comigo. Eu estou sempre com a senhora. Fui contratada para isso. Para cuidar dia e noite. Ainda bem. A senhora acha mesmo? Não me acha muito chata? O que é isso? O que seria da minha vida sem você? Ah, nem é tanto assim. Era só a senhora contratar outra. Já tive outras três. Não me adaptei. Uma não parava de falar. Eu falo bastante também. Fala normal. Pára um pouco. Eu falo também. A gente vai conversando, e as horas vão passando. Mas aquela outra não tinha limite. Só ela queria falar. Eu dizia duas palavrinhas, ela falava "é" e continuava sem tomar fôlego. Credo. E as outras duas? Uma só dormia. Verdade? Estou te falando. Eu começava a conversar, olhando a televisão e, quando perguntava alguma coisa, a resposta não vinha. E a terceira? Saía pra buscar qualquer coisa no armazém e voltava só duas horas depois. Não gostava do trabalho pelo jeito. Sei lá onde se metia. Devia ter algum namorado. Que idade ela tinha? Cinqüenta e seis. E namoradeira?! Pois então. Uma coisa que eu pensei agora: e se alguém telefonar lá pra sua casa atrás da gente? Nunca ligam. Não vai ser hoje que iriam ligar. É. Já estou com a senhora há três meses e ninguém ligou. E nem precisa. Sim, o dinheiro entra sempre na conta. Botam direto pelo banco. Nem ligam pra saber se entrou, se está tudo bem, se eu estou viva para usar a quantia. Pelo menos, tem sempre dinheiro. É. Só que o dinheiro que me mandam é certinho. E não pensa que tem mais. É o máximo que conseguem me dar. E se descobrirem aqui que não somos ninguém importante ou montado no dinheiro? Ou será que somos e não sabemos? Eu não sou! Só se a senhora é. Eu? Até hoje ninguém me contou. Às vezes, escondem coisas da gente. Às vezes? Sempre escondem coisas da gente. É verdade. Só fiquei sabendo que eu ia ficar sozinha muito tempo depois, já velha. Se soubesse, não teria sido tão exigente. Poderia ter casado com uns três mais ou menos que eu dispensei. Mas não me queixo, tenho o meu trabalho, a minha vida. Se você é velha, o que sobra pra mim? A senhora também não é velha. Está forte, cheia de saúde. Obrigada. Mas a gente sempre pensa que vai acabar bem, ao lado de quem a gente ama. E olha eu aqui. No meio de sabe Deus onde, com os olhos tapados, as mãos amarradas, sentada num banco de pau. Acho que eles vão se dar conta do engano e nos soltar. Se for um engano. Pois é.

Conversação

My name is Claudinei. Era tudo que ele sabia falar antes de entrar para o curso de inglês. Procurou nos classificados uma professora particular. Ela perguntou se era para usar o inglês a trabalho ou para viagem. Ele disse que era a trabalho. Precisava saber conversar, entender tudo e responder sem gaguejar. Ela perguntou se ele era um executivo. Ele disse que era uma boa palavra. Não faltava a uma aula. Todas as segundas, quartas e sextas, das três às quatro da tarde, lá estava ele. A professora ficou contente com o interesse, mas teve muita dificuldade no início. O conhecimento de português do novo aluno era muito precário. Teve que ensinar os conceitos básicos de gramática, pois nem o mínimo, como artigo, substantivo, sabia. Na terceira aula, perguntou até que série ele havia estudado. Disse que tinha feito até o ensino médio, mas foi no supletivo, de noite. Nunca tinha gostado muito de escola. Preferia aprender com a vida. Só inglês, pelo menos no Brasil, é que não dava pra saber assim, apenas vivendo. Por isso, procurou o curso. Os progressos foram rápidos. O que faltava de conhecimento sobrava de dedicação. Vinha com todos os exercícios de casa feitos. A professora perguntou se ele já estava sentindo a diferença no trabalho. Ele disse que ainda não havia aparecido a oportunidade. Depois de seis meses, a aula passava rápido. Era uma hora inteirinha de conversação. A professora vibrava com a capacidade de ouvir e responder do seu aluno. Com o tempo, foi ele quem passou a fazer perguntas, todas em inglês. Ela soltava a língua, contava tudo. A intimidade foi vindo como um exercício novo que ela estava aprendendo três vezes por semana, durante uma hora. E assim foram por mais um bom tempo. A professora esperava ansiosa a aula para revelar cada vez mais e mais tudo o que ele queria saber. Nisso ele era mestre. Saber fazer os outros falarem. Saber fazer rapidamente pegarem confiança nele. Quando terminava a hora, voltavam a falar português. A professora queria continuar, mas ele mudava totalmente. Ficava seco, de poucas palavras e ia embora. Um dia, ele não apareceu mais. A professora esperou aflita por semanas e semanas. Não tinha seu telefone nem nenhuma outra referência. Respondeu tanta coisa e não perguntou uma coisa banal como essa. Ficou confusa com o que sentia. Chegou a se questionar se estaria apaixonada por aquele aluno e só agora tinha se dado conta. Mas não. Sentia falta era de se abrir três vezes por semana. Anos depois, ela estava lendo o jornal e viu a manchete na página policial: "*My name is Claudinei.*" Ele foi preso, acusado de roubar e executar vários turistas homossexuais no Rio de Janeiro. Muitos deles haviam mudado para o Rio e trazido toda sua grana. O delegado disse que estava fascinado com o caso. Já tinha feito cinco interrogatórios de duas horas cada com Claudinei e, para concluir, precisaria de mais um número indefinido de sessões.

Circular

Júlia tranca a porta dos fundos, olha se o gás está fechado, fecha a janela da sala, pega a bolsa, abre a porta da rua, fecha, passa a chave, segue pela calçada, atravessa a rua, pára no abrigo de ônibus, espera três minutos, a porta abre, sobe, senta no banco e vai se perguntando por que seu marido, agora ex-marido, foi se apaixonar por uma outra mulher assim do nada, quer dizer, do nada foi ele quem disse, de certo a coisa já vinha há mais tempo, também poderia ser pouco tempo, mas pra desfazer um casamento, com filho pequeno, ele não abriu o jogo, não disse se era pouco ou muito tempo, só disse que estava apaixonado e não queria ficar fazendo jogo duplo, ok, então por que não desfez o caso com a outra, não tem essa de não querer fazer jogo duplo, o cachorro queria era ficar com aquela cadela, sabe-se lá há quanto tempo não estava traindo com a maior cara-de-pau, a boba era ela que acreditava em tudo o que ele dizia, não dá pra acreditar em homem mesmo, nem em mulher, quando vê outra leva embora o marido da gente, ex-marido, e ela odeia ser chamada de ex-mulher, que história é essa, não deixou de ser mulher, ex-mulher é atual o que, parece cirurgia de troca de sexo, ex-marido não vira ex-homem, são uns canalhas mesmo, ele vai ver quem é ex-mulher, vai ver a ex com tudo o que é homem, não perde por esperar.

Mário sai do banco com fone de ouvido, dobra a esquina, atravessa na faixa de segurança, compra uma bala de goma na lanchonete, olha a bunda de uma garota que passa, coça a orelha, um gesto que sempre faz quando quer disfarçar, vai até o abrigo, espera o ônibus ouvindo música, a porta se abre, ele sobe, paga o cobrador com vale-transporte, olha Júlia pensativa num banco, ele não sabe que ela é Júlia, acha bonitinha, passa por ela, senta dois bancos à frente, olha o relógio, pensa que só falta uma hora para acabar o expediente, que não tem mais nenhuma entrega a fazer, nenhum documento a levar, os bancos estão fechados, agora só se a secretária inventar algum papel para levar não sei aonde, o departamento financeiro não iria aprontar nenhuma a essa hora, eles também estão loucos para ir embora, só se algum diretor tiver alguma coisa para entregar urgente, mas os diretores também estão muito a fim de ir pra casa, se tudo correr bem, mais um dia vai se encerrar, mais um dia útil, odiava esse termo, útil pra quem?

Rita coloca o aparelho nos dentes, pega a bolsa do curso pré-vestibular, bota o celular dentro, dá tchau para a mãe, bate a porta, vê que o ônibus está na esquina, corre até o abrigo, sobe com a porta quase fechando, passa por Júlia, olha Mário e lembra que esqueceu o headphone, pensa pela bilionésima vez se quer mesmo fazer faculdade de enfermagem, mas se não for enfermagem, medicina, mas medicina é quase impossível de passar, mas enfermagem não era bem o que ela queria, mas também não é tão ruim, depois ela pode fazer vestibular de novo, quem sabe trocar de curso, já aproveitando as cadeiras que fez, pensa por que ela não estuda, se estudasse passaria em medicina, mas ela nunca foi muito bem em física, matemática, química na escola, como iria agora, de uma hora pra outra, saber tudo e passar em medicina, essa vontade de ser médica já a estava deixando doente.

Pedro paga a conta da cerveja, sai do boteco meio grogue, olha direto para o sol e fica mais tonto, toma um ar, respira fundo e segue se controlando para não notarem o seu estado, anda ereto, faz cara de que está tudo bem, cumprimenta o dono da farmácia, passa a mão no cabelo, fica escorado na placa da parada de ônibus, a porta se abre, ele erra o pé no primeiro degrau, se recompõe, dá boa tarde para Júlia, senta a seu lado, tenta pensar em alguma coisa, mas tudo que vem à sua cabeça é uma névoa girando, muda de lugar, senta sozinho, abre a janela, fecha, dorme um pouco, acorda num salto, pergunta se já passou da sua rua, fica sabendo que ainda não, diz ah, bom, e dorme de novo.

Júlia olha para Pedro dormindo e lembra como era chato quando seu marido bebia, ficava falando alto, acelerava o tempo entre as palavras, dizia que não estava bêbado, pensando bem, do que ela se livrou, a outra que fique com o mala, que ature seu bafo de cerveja, iria escolher melhor agora, esse negócio de se jogar no primeiro que aparece era o seu problema, conhece o cara e já está apaixonada, isso é insegurança, parece que não vai aparecer outro, deve ser por isso que o cara foi embora, não, nada disso, foi embora porque é um pilantra mesmo, vai agora enganar a outra trouxa, já vai tarde, bebum duma figa!, ela chega a falar sozinha, bebum duma figa...

Mário ouve o que Júlia disse e comenta que o cara está mal mesmo, bebendo a essa hora, nem é de noite, deve estar mamado desde que acordou, tem gente que é assim, toma bira no café-da-manhã, ele não, só bebe uma cerva normal de vez em quando que ninguém é de ferro, agora beber de passar vergonha nunca fez, pergunta se o cara abusou dela quando sentou do seu lado e se por isso ela o chamou de bebum duma figa.

Júlia diz que não, nem tinha falado sobre o cara do ônibus, estava era pensando em outra coisa que nem vale a pena continuar lembrando, o coitado do bêbado não está atrapalhando ninguém, deve ser até doente, esse negócio de bebida é doença, o cara tem que se tratar, ir aos Alcoólicos Anônimos, procurar um médico.

Rita ouvia a conversa, na parte do médico lembrou de novo que queria fazer medicina, podia tratar de pessoas com vários problemas, artrite, reumatismo, até câncer, mas nunca pensou em tratar alguém com problema de bebida, isso deve ser coisa para psicólogo, vai ver que o cara tem algum trauma, está numa crise, vai ver queria fazer medicina como ela e nunca conseguiu.

Júlia achou bom que o cara do fone de ouvido tivesse se preocupado com ela, olhando bem ele é até bonitinho, se cortar aquele cabelo mais curto, sim, porque de rabinho-de-cavalo não fica legal, o rosto dele é bem direitinho, mas o cabelo estraga tudo, nem se percebe, só depois que ele começou a falar é que deu pra ver que ele tem uma boca bonita, uns olhos claros, quantos anos será que ele tem, uns vinte, tudo bem, ela não tem problema em namorar um cara mais moço, mas o que será que faz a essa hora num ônibus, não trabalha, ou estuda, está na faculdade, mas cadê os livros, vai ver que é boy, ou estuda e é boy, tem muita gente que faz um bico para pagar os estudos, lá estou eu querendo me atirar de novo no primeiro cara que aparece só porque ele se preocupou comigo, meu herói!, ela pensa e ri no pensamento.

Pedro acorda, pergunta se já passou a sua rua, e dessa vez já passou, pensa em descer, levanta até a metade, senta de novo, resolve ir até o fim da linha e voltar, a tontura tinha diminuído, o sono fez bem, o ônibus deu um solavanco, ele pensa que está tonto de novo, ouve o motorista dizer que o carro estragou, todo mundo tem que descer, olha os outros se levantando rápido, ele fica por último, desce os degraus devagar e fica na parada ao lado de Rita, Mário e Júlia.

Primeiro delito

Ninguém poderia saber daquilo. Ele pensava. Quase pensava. Na sua cabeça de 8 anos de idade, era essa a informação que chegava. Nebulosa, em pedaços. Mais sentimento do que palavras. Algo espesso que se avolumava pelo peito, dava uma sensação ruim na barriga, afrouxava um pouco as perninhas. Temia que tudo aquilo fosse para o rosto. Daí é impossível não verem que ele escondia algo. Iriam vasculhar com perguntas. Uma atrás da outra. Num método que sempre dava certo pelo cansaço. Como um boxeador que se protege de um soco com as duas luvas em frente ao rosto. Vem uma pancada, e ele segura. Mais outra e outra e outra. Agora uma na cintura, depois outras na orelha. A velocidade dos golpes o vence. Se fosse um por dia, conseguiria desviar de todos. Foi se olhar no espelho. O que escondia ainda não estava evidente na sua face redonda com cabelos loiros. Via um menino por fora. E por dentro, uma ruína. Mas, felizmente, estava lá dentro, muito bem guardada. Foi à escola. Brincou com os amigos no pátio. Voltou. Fez os temas. Contas e mais contas de matemática. O pensamento lógico, claro, calmo, dos números, acabou lhe fazendo bem. Pela primeira vez, sentiu que ali havia um refúgio. Se tirar 204 de 629, quanto fica? E se somar mais 328? Quando terminou, sua mãe o convidou para ir ao parque. Andou de montanha-russa. A coisa-gosma-cinza que estava lá dentro subia e descia. Quase saía pela boca. Ele gritava pra ver se ela ia embora e nunca mais voltava. Voltou para casa. Tomou banho. A gosma não foi embora com a sujeira. Não dava pra limpar por dentro. Limpinho, de pijama, ouvia, deitado, as histórias do livro que seu pai leu para ele. Dormiu no meio de uma em que o gigante arrombava a porta da casa dos meninos. Sonhou que a coisa-gosma-cinza saiu de dentro do gigante. Olhou na cara dela. Seu pai, a antiga gosma, agora faz a barba e se corta. Na pia, escorre um sangue cinza. O menino entra no banheiro e começa a colocar tinta vermelha sobre o sangue cinza. Seu pai sai correndo. Aparece sua mãe e fecha a torneira. Juntos, eles descem a montanha-russa a pé. Não há carrinhos. Todos descem e sobem a pé, inclusive seu pai, que vem sempre na contramão. O menino acha engraçado e experimenta fazer também. Vê que consegue. Junto com seu pai, voltam ao banheiro. Ambos fazem a barba, mas o menino acha estranho que o aparelho não tem lâmina. Troca com seu pai, e, quando vai cortar o rosto, acorda. Esqueceu do sonho. Foi tomar café com sua mãe. O motorista chegou e o levou para a escola. No meio da aula, veio o enredo do sonho na sua cabeça. E a coisa-gosma-cinza-espessa voltou a aparecer no seu peito. Lembrou que tinha algo a esconder e não sabia onde.

Gaiolas

A gente vendia passarinho em gaiola. Digo a gente porque lá em casa todo mundo trabalhava. Meu pai, minha mãe, eu e meu irmão. Eu tinha 10 anos. Meu irmão, 12. Minha tarefa era dar alpiste e botar água. Nossa loja ficava na beira da estrada. Os fregueses paravam o carro e entravam. Minha mãe e meu pai atendiam no balcão. Meu irmão carregava as gaiolas até os carros. Passávamos os dias inteiros lá dentro. De manhã à noite, a cantoria dos passarinhos. Na hora de dormir, apagávamos tudo e nos deitávamos nas camas que ficavam nos fundos. Uma parede de madeira separava os dois quartos. Os passarinhos também dormem. Mas mal entra uma fresta de claridade da manhã, já começa a cantoria. E fresta em paredes de madeira é o que não falta. Meu irmão, de uma hora pra outra, começou a vir com umas conversas estranhas. Dizia que não queria passar a vida inteira preso naquela loja. Estava se sentindo como os passarinhos. Eu não via motivo para sair voando pelo mundo. Achava tão divertido ficar dando água e comida para eles. Tinha os cinzas só com uma barrinha marrom no pescoço. Os pretos de bico vermelho. Os amarelinhos. Os amarelos queimados. Os bem misturados: marrom, preto, vermelho e umas listras amarelas. Divertido era quando se arrepiavam. Até a gaiola sacudia. Às vezes, parece que dava uma louca e todos começavam a cantar ao mesmo tempo. Meu irmão dizia que era a greve dos passarinhos. Estavam protestando pela liberdade. Ele lia esses negócios de greve no jornal. Cedo já estava com as notícias na mão. Qualquer matéria falando de confusão o atraía. Era a greve, a passeata, a manifestação. Ele adorava essas palavras. Mostrava para mim sempre comentando. Eu não entendia muito, mas o apoiava. Se quer sair voando pelo mundo, que saia. Mas eu sempre perguntava se ele iria voltar para brincar comigo. Ele me abraçava e dizia que sim. Perguntava se eu não queria ir junto. Eu dizia que só se pudesse levar os passarinhos. Ele ria e falava que seria difícil. Se a gente saísse com todos os passarinhos, era o mesmo que ficar. Pois era isso mesmo que eu queria. Ficar ali com todo mundo, meu pai, minha mãe e meu irmão. Ele perguntou se eu não tinha pena dos bichinhos todos presos. Eu disse que não. Talvez até eles estivessem felizes. Eu não gostava de ficar na loja e ele detestava? Pois então. Vai ver que tem passarinho que gosta de ficar na gaiola. Eu falei. E também dever ter os que querem sair. Ele disse. Como a gente vai saber se passarinho não fala? Eu perguntei. Vamos fazer um teste. Ele falou. A gente abre as portas. Os que quiserem sair vão voar. E os que não quiserem vão ficar. Está louco, nosso pai nos mata se a gente fizer os passarinhos irem embora. Você, que é maior do que eu, é que devia ter juízo e não pensar numa coisa dessas. Então vamos abrir só uma pra fazer o teste. Ele disse. Uma só? É. Só uma.

Preleção

O vestiário não é dos melhores. Tem um vazamento na parede que deixa tudo meio úmido. Vou ver como me saio com esta chuteira nova. Tem travas baixas. Com trava alta, me sinto esquisito. Não consigo dar o efeito na bola. E já começo a ficar inseguro, não domino a bola direito, deixo escapar, tenho medo de tentar lançar por cima e sair um chute torto, rasteiro. Nunca joguei mal de fato com a chuteira de trava alta, mas me sinto como se estivesse jogando mal. E mesmo que faça tudo certo, o que passo por dentro não compensa. Acontece muita coisa por dentro da gente quando se joga futebol. Quem olha nem percebe. O jogo pode ser uma alegria ou uma aflição. O certo seria jogar como aqueles arqueiros das histórias de zen-budismo. Tem um psicólogo que o clube contratou. Ele conta essas histórias pra gente. O cara pega o arco e a flecha e fica mirando. Quando ele não pensa mais, não tem mais a intenção de mirar, não fica querendo fazer e simplesmente faz, ele acerta o alvo.

Costumo me sentir assim sempre que entro num novo clube. As primeiras partidas são as melhores. Estou leve, não conheço ninguém, jogo sem me preocupar com nada. Aí, tudo dá certo. Depois, com o tempo, os outros começam a esperar coisas da gente. E também a gente é que acha que os outros estão esperando. Mas o que acontece é que a espontaneidade vai diminuindo, diminuindo e jogar, que era divertido, vai ficando um peso. A gente só não larga tudo porque gosta muito. O jeito é trocar de clube. Começar tudo de novo. Desde criança é assim. Se jogo contra uns caras que jogam pior, arraso. Se jogo entre amigos, também. Mas se jogo contra umas figuras competitivas, que ficam tirando onda, invejosas, jogar vira um saco. Falo por mim e fico querendo saber se isso acontece também com os outros. Mas no futebol não tem como conversar essas coisas. Se souberem que tenho tanto sentimento, me expulsam do time. Sentimento não cabe entre as quatro linhas. Isso é o que todo mundo aparenta. Mas, se fosse assim, o clube não contrataria um psicólogo. Seguido tem um ou outro de nós lá, falando com o cara. A gente vai meio disfarçado. Podem pensar que estamos ruins da cabeça, boa coisa não deve ser. Já viu alguém ir ao psicólogo porque está tudo bem? Mas futebol é pura psicologia. Se você demonstra medo, o adversário toma conta. Se você erra e fica grilado, erra o jogo todo. Se você faz um gol e se acomoda, acha que está ganho, o adversário percebe e vira o jogo. E a torcida então? Querem que o seu time dê todas as alegrias que eles decerto não têm na vida. Se a gente erra dois passes seguidos, chuta uma bola na bandeirinha de escanteio, pronto, estragamos o dia de 30 mil caras. E todos eles se voltam contra você. Querem que você seja eliminado. Você é um vírus que vai estragar a vida deles. Precisa ser tirado do campo antes que contamine a esperança de terem um dia de vitória. Tem nego que se aniquila. Não acerta mais nada. E muitos ficam assim por muitas partidas. O jeito é ir falar com quem? Com o psicólogo. Devia ter psicólogo pra torcedor também. Assim, ficava mais equilibrado. Tem técnico que não entende nada de futebol. Só de psicologia. Traz fotos dos filhos da gente, gravação da mãe, recado dos vizinhos, tudo pra motivar. Tem cara que não joga nada num clube e no outro vira ídolo. Tudo pela motivação. Se o cara está tranqüilo, confiante, bate na bola sempre do jeito certo. De peito de pé quando precisa dar força e velocidade. De lado, quando quer que ela saia redonda. Com o lado de dentro do pé, para dar uma curva. Agora, se o cara não está bem, erra até gol sem goleiro, na pequena área. A bola chega, e ele dá um jeito de chutar por cima. Faz quase o impossível. Arranja um jeito de ser infeliz. A felicidade está ali, sorrindo pro cara, mas ele diz "não, nada disso, eu quero é ser infeliz". E dá de canela pra cima. É como na vida da gente. O cara tem mulher que gosta dele e, de repente, começa a encher o saco dela, fala que ela fez isso, fez aquilo. Aí, só com psicólogo. E às vezes, nem com ele. Parece que não é todo dia que a gente está pronto pra felicidade. A gente é um corpo que se move com uma cabeça em cima. Aquela coisinha lá, menor que o resto, comanda. E o corpo bobo dá bola pra tudo o que ela diz. Se ela fala fique doente, o corpo fica. Se ela fala trema, o corpo obedece. O bom é quando ela também entra no jogo. Aí se enturma com o resto do corpo. Usa os olhos pra ver o lance. A boca pra pedir a bola. O ouvido pra ficar atenta. A mente pra avaliar o tempo da jogada. E a testa pra mandar pro fundo da rede.

Play

Então ele aceitou o convite para virar palavra como se todo mundo não fosse como ele um monte de palavras dos pés aos fios de cabelo lembro de um dia em que andava pela rua lendo as placas de obras ltda lia na infância como se fosse uma palavra inteira não uma abreviatura de limitada ele não sabia e não fazia falta saber ltda existia e existir era o seu sentido muitos anos depois foi descobrir fazendo análise que as palavras são mesmo um labirinto que começa não se sabe onde e termina num lugar totalmente diferente de onde se partiu como se fosse possível andar por um caminho que anda sozinho e vai para onde quer ou para onde ele vai mesmo sem querer e só nós ainda não sabíamos uma esteira uma escada com desvios no ar um salto para dentro do salto as palavras e a fonte de onde elas nascem o desejo o desvio o desatino a incompreensão ou ao contrário a compreensão do impossível que foi ordenado viver e as palavras se torcem para viver o impossível e é por isso que não significam o que qualquer palavra em sã consciência significa como se as palavras pudessem não significar o que nasceram para significar uma incomunicação num idioma de véus e fugas e reentrâncias e espelhos e placas do Dick Vigarista que manda todo mundo correr para o lado contrário só para ele ganhar a Corrida Maluca sem nunca conseguir lá se ia então pela rua lendo placas lendo pessoas lendo o vento e voltava pra casa tentando ler sua mãe seu pai seus irmãos lendo o medo mas ninguém consegue ler nada por inteiro e metade de tudo vira garrancho e silêncio não o silêncio do som o silêncio da palavra que não se mostra por inteiro aprendeu a ler vendo a Bibi Ferreira no Capitão Asa na televisão desde a invenção do rádio e depois a tv as pessoas têm uma fala em casa a mais do que as falas das pessoas em algumas casas ninguém fala nada ou falam muito menos do que a tv e hoje com os computadores então se troca mensagem em silêncio tudo fala menos as pessoas também não vamos ser dramáticos as pessoas falam e riem e se beijam e jogam bola e depois ligam a tv exceto os muito chatos e casmurros e sem graça aprendeu a ler e foi ler sobre a leitura e sobre a linguagem e sobre a estética a palavra é bela mas nada se compara ao carinho e o desejo dos corpos e nada se compara a ter filhos nada se compara ao corpo suando fazendo gol nada se compara a nada cada coisa é única uma letra uma lenda uma lata a letra l que não é ele pelo som aberto do é dizem que em japonês não existe o verbo ser nada é pela linguagem as coisas se mostram a linguagem não é um dedo apontando para as coisas em japonês mas um desenho das coisas um ideograma uma idéia estilizada da coisa a literatura chegou na escola de duas maneiras como gramática e como história quando as nações européias foram se formando as línguas também foram então pegaram os escritores como parâmetros de realização da língua é assim porque tal escritor escreveu ainda nessa coisa das nações européias foram usando os escritores para montar um passado digno um espelho com uma imagem confortadora pegaram os que davam uma cara boa e diziam assim foi a nossa história esse desemboca naquele e tal esse texto mostra isso e mostra aquilo enfim os textos já não eram mais lidos como textos porque ler é decifrar por si mesmo é ir entrando no labirinto mas diziam diga isto deste texto e todo mundo ficou sem saber como se lê lêem tensos como se houvesse um sentido certo que eles teriam que encontrar não um sentido que encontram como quem caminha pela rua e vai lendo placas algumas sem sentido como a ltda da infância e quando vão escrever dizem que não sabem pois existe o certo que nunca é deles mas do escritor aquele que escreveu para si sem nunca pensar que iria virar receita de bolo se tivessem dito para ele escrever como outro jamais escreveria como ele mesmo porque se escreve com o corpo com a mão na caneta no lápis ou com as duas mãos no teclado escrever é um prolongamento do corpo só pode ser pessoal e a leitura é com os olhos e cada olho enxerga de um ângulo tem o seu foco o seu grau a sua cor o medo de deixar ler é o mesmo medo de fazer análise mas nem tudo é palavra o som da guitarra o ritmo da bateria a base do baixo é possível ouvir coisas sem sentido e gostar delas sem ficar ameaçado pelo contrário ficando alegre dançando mas é tudo pelo corpo o corpo lê o som e dança não tem nada melhor do que alguém amando o seu corpo descobrindo o prazer que ele proporciona para outro e para si esse é o sentido erótico da criação literária as palavras são tomadas pelo seu lado físico um som uma tessitura própria botar essa palavra ao lado da outra porque ficam bem juntas porque soam bem porque sim Caetano Veloso tem várias letras de música em que canta o sim Coragem grande é poder dizer Sim o sim como negação de tudo o que limita de tudo o que não é experimentação o sim como afirmação do desejo Caetano foi longe nisso tem uma música dele o Cu do Mundo em que não há sim há só desesperança diferente de Podres Poderes em que ele termina dizendo que quer Aproximar o seu cantar vagabundo daqueles que velam pela alegria no Mundo o sim é a alegria Alegria Alegria um dia um amigo ensinou a ouvir as melodias Ângela do Tom Jobim tem um avião levantando Da-que-le-a-vi-ão cante que você vai ouvirver Lá embaixo a terra é um mapa que agora uma nuvem Tapa Construção do Chico tem um pêndulo do andaime Pelas Tabelas tem o vaievém da massa na rua há uma outra vida sonora nas melodias a palavra está ali diferente voando soando significando junto com os outros sons tem também as cores as formas a escultura há muito por se descobrir uma criança caminhando pela rua lendo placas descobrindo sensações nada como as sensações a leveza de sentir sem dizer nem pensar ltda ltda viva a ltda antes de contarem para ele que quer dizer limitada como assim quer dizer quem quer dizer e se quer dizer por que não diz o que o impede já que não disse não quer dizer e pronto ltda é ltda quem mandou não dizer limitada numa noite ficaram até amanhecer pintando a casa ele e sua família foi divertido a família já foi uma boa idéia mesmo que venha a morte a loucura tanto que fez uma outra família para ele tem os que não querem mais saber de fazer família talvez por não se permitirem ter outra ou por não permitirem a ele ter outra ou por não ter tido bons momentos em família por não pintarem nunca nada juntos até amanhecer tem os caretões que falam em nome da família muitas vezes fascistas péssimos pais de família usam a noção de família para prender e arrebentar tem as famílias que são beneficiadas pelos programas sociais dos governos tantas famílias mais de tantas mil famílias atenção para a propaganda eleitoral gratuita e tudo o que dizem é gratuito se pagassem iriam pensar melhor em cada palavra nos telegramas se economizam palavras nos comerciais de trinta segundos nos textos de vinte palavras para rádio nas citações de cinco segundos e tem os que dizem te dou a minha palavra ele viveu de palavras falando escrevendo falando sobre elas diferente de um pedreiro que vive de pedra mas alguém precisa dizer corte essa pedra e não aquela sim senhor e é só depois dê-lhe marretada um mecânico precisa ler o manual que alguém escreveu o médico o livro que outro médico escreveu o cantor vai cantar a letra que alguém escreveu o bonito da profissão de carteiro é carregar palavras caminhando pela rua como quem lê placas ltda etc agora é cabeça tronco e membros e rim e cóccix e falange e tornozelo e veia e sangue e pensamento pensava que iria encontrar o fio da meada e encontrou está livre do labirinto senhor dos sentidos pairando sobre os novelos de frases e fases e pode voar livre primeiro vôo lá vai Fernando Pessoa cria com a palavra eu essa palavrinha de duas letras é o que move toda a novidade desse poeta e os apressados haverão de perguntar que novidade pode haver num poeta usar a palavra eu pois aí está a coisa a poesia lírica centrada no eu por mais que se coloque que esse eu é o eu lírico um eu do texto não o eu-eu o eu do poeta lá pelas tantas acaba virando um eu-eu e do ponto de vista do leitor esse duplo eu quase nunca é percebido o Pessoa foi buscar como ele mesmo disse numa carta a um crítico do início do século vinte que sua sacada foi criar como se fosse um poeta dramático um dramaturgo alguém que cria outros eus deu a cada personagem-poeta um nome uma biografia um estilo e no texto um eu assim cada vez que lemos eu num poema de um dos poetas do Pessoa eu não é eu é ele ele o Alberto Caieiro ele o Ricardo Reis ele o

Álvaro de Campos e Pessoa usando eu se livra do seu eu se livra de ter que tirar de si mesmo a matéria para a sua poesia pode ser um criador de universos de problemas de questões de eus que vão muito além dele pode ser um poeta que se vinga dessa palavra que aprisionou vários poetas em si mesmos a palavra eu e passeia pelos eus como quem anda na rua lendo eus e de eu em eu se faz um país o Brasil por exemplo vive o mesmo impasse agora agudo que já dura um século os capitalistas quando entram para o governo o tomam para si o governo é mais um dos seus negócios e os socialistas o tomam como emprego os socialistas não fazem a revolução não acabam com a livre-iniciativa não detêm os meios de produção e não fazem justiça com as próprias mãos nem incentivam que heresia o capitalismo para eles a fonte de todo o mal da falta de distribuição sem capitalismo funcionando não tem emprego os socialistas não geram emprego porque não produzem e ainda inibem a produção para não fazer o jogo do capital sobra só o elogio da miséria o acolhimento e o reconhecimento dos miseráveis mas grana não sai nem deles nem do capital já os capitalistas não fazem um país legal porque ganham dinheiro de qualquer jeito porque não enxergam porque se enxergassem muito não seriam capitalistas não teriam o dinheiro como o centro de suas vidas enfim os de centro deus nos livre deles não estão lá nem cá e no final das contas o país avança em direção ao abismo como a Terra que a qualquer momento pode colidir com um asteróide e aí foi-se descobriram água em Marte isso quer dizer que pode ter havido vida lá para os pesquisadores vida é qualquer coisa viva até fungo mas o curioso é que Marte faz parte do imaginário coletivo como um lugar em que haja vida os extraterrestres sempre foram chamados de marcianos não são os mercurianos os plutônicos parece que há uma memória na Terra sobre a vida que houve em Marte e ele aquele ele caminha pela Terra desviando de asteróide e pelo Brasil à beira do abismo ele vai falar agora atenção todas as emissoras vai se formar a cadeia a câmera abre mas todos desligam a tv e ele fica falando sozinho em cadeia nacional volta para casa satisfeito de fazer o seu papel com a sensação do dever cumprido o que iria falar nem era tão importante assim era só mais uma fala na rede de falas e falas do jornal ao rádio do rádio à tv da tv ao cinema do cinema ao cd do cd à fala do homem que fala para a mulher que fala para a outra mulher que fala para a criança que fala para a outra criança que fala para o cachorro que late e lambe e pula nela os cachorros entendem algumas palavras pelo menos o nome deles entendem sabem identificar as vozes das pessoas pulam de alegria antes da pessoa chegar inteira a voz dela chegou e para o cachorro a festa já começou a voz é parte da pessoa disso os cachorros sabem também sabem caminhar pelas ruas dobram a esquina atravessam na faixa de segurança há toda uma vida de cachorros pela cidade como nos desenhos do Manda-Chuva tudo bem lá são gatos mas também há uma vida paralela de gatos e de insetos formigas então há uma vida subterrânea de formigas por baixo das casas pensas que a casa é tua pagas impostos prestações mas as formigas não constam na escritura entram pelos buracos da tua parede invadem a tua casa levam os farelos de bolo para dentro da parede a casa dentro da tua casa é o que ele pensava e não o culpem por pensar isso ou por pensar qualquer coisa pensamento é uma ferramenta de trabalho para alguns são pagos para pensar e todos perguntam para ele o que ele pensa como um atleta do pensamento capaz de pensar horas e horas sem cansar capaz de enxergar com a cabeça o tabuleiro invisível o labirinto o emaranhado o bolo a naba e desembrulhar tudo então pagam para ele fazer isso pensar e dizer o que pensou mas o pensamento também é uma coisa que fica dentro da cabeça não desliga nem quando se dorme os orientais meditam para parar de pensar e ficam meditando e pensando em não pensar e quando não pensam um pouquinho voltam a pensar porque é impossível parar de pensar e tem os pensamentos que vêm à cabeça sozinhos como se caminhassem por si pela rua pensativos totalmente alheios a nós e de repente entram na nossa cabeça perguntamos de onde tiramos essa idéia às vezes duas pessoas pensam a mesma coisa como se o pensamento tivesse visitado duas cabeças ou se duplicado triplicado depois eu vou pensar nisso dizemos ou agora não quero pensar nisso há uma luta entre a cabeça que se pensa autônoma e o pensamento que quer ser pensado e precisa de uma cabeça que o pense tem os que se desculpam por ter falado sem pensar aqui a fala se desgruda do pensamento é fala pura palavra sintaxe depois a pessoa pensa e retira a fala colocando no lugar dela uma fala com pensamento tem o pensamento de uma época o pensamento corrente algo pronto e empacotado que as pessoas botam na cabeça e repetem já vem pronto com fala e tudo no futebol então acontece muito alguém pensa algo e fala e o pacotão roda de boca em boca todos se orgulham de repetir o pensamentofalaempacotado dá um status para quem fala é uma fala chic comprada pronta pensar por si é mais difícil é como mandar fazer a roupa tem que ver o modelo fazer o molde experimentar tomar alfinetada voltar e experimentar de novo se não ficou boa ajustar e voltar para experimentar de novo lá na casa da costureira na sala com um cachorro em volta é por isso que todo mundo passou a preferir comprar roupa pronta com o pensamento está acontecendo o mesmo observar analisar concluir e formular dá muito trabalho estão preferindo comprar pensamento pronto e tem de todos os tipos dos mais bregas aos mais refinados os que mais fazem sucesso são os medianos mais fáceis de dizer não provocam polêmica todo mundo concorda e a fala segue sem sobressaltos mas lá ia ele pela rua pensando sozinho e encontrando cada vez menos gente para conversar pois as pessoas estavam ficando desabituadas a falar com quem pensa sozinho teriam que pensar também e isso dá muito trabalho então propõem para ele os temas pensados do momento esperando que ele diga a resposta pronta comprada em balaio para aquele tema mas ele se põe a pensar e responde o que não estava no script e uma guerra se trava a partir disso ele fica demonstrando incomodamente seu pensamento como faz sentido todos concedem ouvi-lo e até o elogiam surpresos como você pensa pense mais um pouco pense agora isso aqui pra mim enquanto eu vou ali e já volto oh já pensou muito obrigado até a vista e lá vai ele pensando que agradou também algum prazer ele precisa ter para viver em alguma mentira é preciso acreditar para seguir se tudo ficasse às claras revelado adeus mundo cruel cada um com a sua mentira e tudo está bem estar bem é estar em paz com as suas mentiras é espantoso como as frases com é fazem sucesso isso é aquilo amar é e ser feliz é as mensagens nos cartões nas agendas mas para ele nada era ou nem tudo era ou só o que era era na verdade ele sempre desconfiou do verbo ser não que as coisas não fossem mas que sempre se apresentavam já como sendo e nem sempre eram ou eram exatamente aquilo que se apresentavam por isso sempre acrescentou o pode antes do ser pode ser mas o que pode ser pode também não ser isso dá um fôlego dá um tempo para pensar e pensando ver o que realmente é e tem o que é mas ainda não se apresentou de todo poucos são os que sabem ver a possibilidade o invisível só com parte do que se apresenta visível mas é simples é só ver os elementos essenciais para cada coisa se eles estão presentes irão se desenvolver não precisa ter medo de errar na escolha não é uma aposta é uma constatação agora se não sabe o que é essencial em cada coisa ou em algumas coisas sobretudo naquelas em que é preciso decidir está em apuros vai precisar de ajuda e o melhor é não se intrometer mas geralmente quem não sabe ver o essencial não sabe que não sabe e ainda atrapalha quem sabe e lá ia ele sendo atazanado por todos aqueles seres cegos que enxergam entrou no banco e perguntaram se ele trouxera o cartão que o banco teria que dar ele disse que não tinha pois o banco tinha que dar e o banco disse que só poderia dar se ele tivesse o cartão ele disse que isso não faz sentido não poderia dar o que era para receber o banco disse que o sentido não estava fazendo parte da conversa que era para ele não desviar o assunto ninguém estava falando em sentido ou ele dava o cartão que era para o banco ter dado ou nada feito foi embora antes que aquilo contaminasse seu cérebro entrou em casa tirou a roupa e ficou horas na banheira até ficar murcho foi até a cama e dormiu sonhou com Gilberto Gil ambos iriam cantar Logos x Logo Trocar o logos da posteridade pelo logo da Prosperidade Gil disse que torcia para que as células do corpo do nosso sonhador acompanhassem a sua alma o volume de coisas que era capaz de gerar os projetos as pessoas que era capaz de encorajar uma alma sempre inventando precisaria de uma capacidade física biológica para acompanhar a sua capacidade de alma ele agradeceu e acordou Gil não disse nada disso na verdade foi seu inconsciente que disse deu uma letra olha cuida do teu corpo para ele acompanhar a tua alma e alma é palavra de século dezenove alma como pensamento e o inconsciente colocou na boca de Gil um conselho do velho negro brasileiro de alma grande o corpo e tudo é corpo mesmo o pensamento é um conjunto de sei lá o quê fosfatos sinapses é tudo corpo a cabeça também pifa como o fígado o rim o intestino a pessoa diz besteiras esquece enevoa o pensamento vem o medo o suor a leitura equivocada de tudo é preciso desembrulhar desenosar fio por fio num divã esse pra cá aquele pra lá aquele outro que ficou amarrado naquele ali meu pai minha mãe meus irmãos meu trabalho minha esposa meus filhos e eu e eu e eu e eu ficamos por aqui há um eu que se constrói e seguimos com ele vida afora às vezes ele nunca desaba e quem nunca desabou não sabe que o seu eu foi construído e como ele é não sabe que ele pode ser reconstruído reerguido das cinzas podem perguntar onde se fica enquanto o eu desaba em lugar nenhum isso é o mais angustiante se fica em lugar nenhum o único lugar em que se pode ficar abrigado protegido é o eu por isso ele passou a cuidar tão bem daquele eu era melhor ter o eu como seu aliado do que como seu inimigo amou aquele eu como a um filho ou um pai uma mãe irmãos amigo levou o eu pra passear tomar sol comprou uns livros para ele ler arranjou uma namorada para ele comprou cd botou na cama para dormir e descansar o eu estava sempre bem sempre novinho em folha pronto para ter paciência com os outros eus o eu dos outros que não eram nem melhores nem piores do que o dele eram o eu que tinham arranjado e quando percebeu isso ficou mais aliviado não se sentiu mais ameaçado nem atormentado nem com raiva guardou suas lanças seus chifres seus escudos guardou tudo de ruim e foi jogar futebol mesmo já meio passado com dor nas costas mesmo sem fôlego mesmo desconfiando do seu coração aliás vai fazer um teste de esteira para ver se o coração suporta esforço o coração é uma bomba à válvula pode pifar como a cabeça por isso vai cuidar de tudo vai fazer a revisão na autorizada ô Valdir essa válvula aqui modelo 1963 ainda tem pra trocar pergunta o mecânico não agora é com injeção eletrônica os corações não precisam mais puxar o sangue ele já vai direto há menor perda de combustível xi e agora como é que se trata o cidadão aqui tem que botar um pula-macaco trocar o mancal o relé e quanto é que vai sair é tanto de peças e tanto de mão-de-obra dá pra fazer em seis vezes com seis cheques tem que preencher ou tem máquina ele pergunta negativo tem que preencher um por um e a que horas me entregam eu mesmo com meu coração de válvula nova ih a oficina tá cheia só na quarta da semana que vem e até lá com que eu eu ando aluga um e ele liga para o tele-eu tem um eu como eu ele pergunta não cada eu é um eu tem parecido serve e lá se ia ele com um eu alugado parecido de longe ninguém notava e só quem conhecia a fundo mesmo é que ficava meio desconfiado mas como as pessoas mudam ou tem dias em que estão esquisitas até irreconhecíveis ninguém perguntava nada no máximo diziam ué que bicho que te mordeu ele dizia que aquele eu não era ele era alugado e todos entendiam ah bom bem que eu notei que alguma coisa estava estranha e tinha os que diziam não vai levar a mal mas eu gostei mais desse eu do que daquele por que você não troca é tão chique trocar de eu tem gente botando silicone levantando as bochechas se você disser que trocou de eu vão morrer de inveja e ainda apareciam os desprendidos desapegados do seu eu os experimentalistas que diziam que legal me dá o endereço vou trocar de eu toda semana alugo um me enjôo pego outro ele dizia eu hem não agüentava mais a hora de ter seu eu de volta a quarta chegou ele devolveu o eu alugado e pegou o seu testou e disse que ficou melhor do que antes parece novo nem se lembrava mais como era um eu com fôlego com força com alegria disposição foi novamente ao banco e perguntou o que teria que fazer para ter o cartão que o banco teria que dar para ele disseram que teria de ir ao correio preencher um formulário e enviar para o banco o banco iria ler e mandar para ele o cartão como estava com um eu novinho em folha nem perguntou por que o banco já não dava o cartão para ele ali mesmo na hora já que estavam juntos o banco e ele foi à imobiliária e disseram que seu aluguel subiria de acordo com os novos índices e cláusulas do novo estatuto do inquilino editado pelo governo ele disse que o novo estatuto não pode reger contratos assinados antes só vale para os novos a imobiliária concordou estava escrito no estatuto mesmo assim seu aluguel iria subir ele entrou na justiça o juiz julgou concordou que estava escrito no estatuto mas mesmo assim o seu aluguel iria subir e ele ainda teve que pagar as custas do processo porque perdeu a ação se não estivesse com um eu recauchutado sabe-se lá o que teria sido dele mas agora estava prevenido tinha o endereço do mecânico ô Valdir tem bomba modelo 1963 tô atirando aqui de cima pega aí ô Valdir tem cabeça modelo 1963 esse vou ter que buscar na loja e pega o carro baleado dá ré e se manda volta com a cabeça ensacada a rosca não funcionou pega o carro baleado de novo volta com outra e a nota lá se vai ele de cabeça nova para o trabalho perguntam o que ele acha de tudo o que devem fazer o que não devem fazer ele desenrosca a cabeça põe sobre a mesa de reuniões e vai embora seu corpo sabe o caminho de casa suas pernas o levam suas mãos abrem a porta fecham entra senta em frente à tv sua esposa chega e reclama ah não tudo bem que para ver tv não se precisa de cabeça mas eu preciso para falar contigo para resolvermos os nossos problemas não vai ficar tudo com a minha cabeça lá vai ele de volta para o trabalho reaver a cabeça mas não querem devolver quem mandou deixar a cabeça rolando agora ela é nossa volta ao mecânico ô Valdir o homem perdeu a cabeça agora a loja já fechou só na segunda passou o fim de semana sem cabeça foi uma boa experiência sem pensar no trabalho sem pensar em como iria pagar as contas como iria arranjar um jeito de não precisar mais trabalhar mas por uma compensação do corpo sua barriga começou a pensar pensava em tortas de chocolate em queijos vinhos cervejas importadas camarões à milanesa em trabalhar para não passar fome só pensava nisso na segunda o Valdir botou sua cabeça no lugar outra vez e já que tinha cabeça mesmo começou a indagar sobre o mundo uma cidade um estado um país são na verdade condomínios as pessoas pagam pela luz pelo saneamento pela pavimentação a gente chega no mundo e o condomínio já estava pronto nem perguntam nada só cobram no pequeno dá pra ver como tudo começou uma cidadezinha onde o diabo perdeu as botas os que têm mais grana se unem e dizem precisamos puxar a luz até aqui põem grana e a luz vem precisamos de um médico põem grana e o médico vem e assim a coisa cresce e vira um condomínio pelo menos não tem reunião de condomínio ele pensou e ficou aliviado voltou para o trabalho lá a sua antiga cabeça pensava em tudo dava todas as respostas que pediam e ele pôde enfim ser como os outros não pensar em nada apenas trabalhar sossegado ir para casa voltar no outro dia foi então que aprendeu a usar o pause e o stop o maior dos stops é a morte morreu o poeta Haroldo de Campos um homem com muitas cabeças onde estavam todas elas quem sabe uma dentro da outra e da outra e da outra se abríssemos sua cabeça teria outra embaixo e abrindo essa viria outra e assim abrindo e encontrando cabeças até o infinito esse homem nasceu num país péssimo em homenagens era de se fazer luto nacional com a sua morte e o que dizer do pouco proveito que tirou o país da sua vida Haroldo era um civilizador na área da poesia traduziu tudo como ninguém traduzira traduziu a tessitura criativa revelou mostrou olha o que aquele poeta fazia na sua língua era semelhante a isso que fazemos na nossa ou se fosse na nossa seria mais ou menos assim mais criou poemas entendeu a poesia foi buscar tudo que a civilização realizou na área e tudo que recebe em sua homenagem são resenhas que mais parecem dissertações de vestibular aquela praga das redações de prós e contras um parágrafo inicial apontando os pontos positivos e negativos um parágrafo desenvolvendo os aspectos positivos um desenvolvendo os negativos e um final com uma conclusão que deixa tudo mais ou menos coisa de quem não ama quem ama sabe que tudo é imperfeito quem ama ama o imperfeito porque sabe que o positivo é maior é ele que vale passaram anos colocando uma lupa enorme sobre os defeitos ou possíveis defeitos do Haroldo enquanto suas infinitas qualidades ficaram aí dando sopa se não era de se fazer uma caravana civilizatória pelo país com o Haroldo ensinando professores sobre tudo o que ele sabia ministério da cultura da educação iniciativa privada alguém tinha que dividir socializar o Haroldo além dos seus livros e das suas aulas na universidade Haroldo para as massas para os alunos para os jornalistas culturais para os alfabetizadores para todo aquele que quer ensinar literatura e saber do que está falando perderam a chance sabe-se lá quando teremos outro homem-poço de saber acumulado sobre poesia andando por aí pergunta pro sambista se ele tem algum embaraço com poesia ele vai dizer que não lá na sua escola de samba tem o poeta aquele que faz a letra do samba ele vai usar o termo poeta sem cerimônia Noel Rosa o poeta da vila quando era criança com uns 6 anos ele aquele ele que já trocou até de cabeça visitava um velhinho que tocava bandolim a velhinha sua esposa ficava por ali fazendo alguma coisa de velhinha enquanto seu marido tocava bandolim para o elemenino o menino foi embora cresceu o velhinho morreu mas ficou em algum lugar da cabeça do menino além de ler placas sem entender ele ouviu no bandolim muitos chorinhos dos dedos velhos do velhinho eram vizinhos seus nem eram amigos dos seus pais o menino chegou ali pela música pela janela da casa saía a música a janela tinha grades o menino espiou gostou do que viu entrou e ficou amigo dos dois e da música tem muita coisa boa guardada na memória se viessem todas à tona e pudessem ser colocadas no chão como quem separa papéis velhos e também as coisas ruins que são em quantidade muito menor mas fazem um alarde na verdade o ruim é narcisista dramático diz olhem aqui para mim olhem que coisa terrível compadeçam-se do meu estrago como são em menor número usam a tática da autovalorização já as boas são mais tranqüilas discretas porque sabem que podem acontecer ainda muitas delas também nessa faxina ficaria uma grande quantidade de coisas indiferentes de rotina guardar as coisas boas de preferência em caixas transparentes para serem facilmente visualizadas e jogar fora as ruins e as de rotina até porque as de rotina se repetirão infinitamente e as ruins não servem para mais nada a americana Susan Sontag escreveu uma vez um texto sobre o artista como sofredor exemplar fala que na nossa cultura há uma supervalorização do artista que na sua vida pessoal foi um desgraçado um infeliz teve uma vida de cão isso em muitos casos o colocou como sendo considerado um grande artista Susan fala que ninguém gostaria de levar a vida que ele levou mas o admiram e transferem essa admiração para a sua obra a autora diz que esse é o sintoma de uma civilização que tem como centro um homem morto pregado numa cruz o herói que se deu mal o sofredor exemplar ele pensava nisso tudo quando começou a tentar uma maneira de parar de sofrer com aquele trabalho insano que mesmo tendo ficado com a sua cabeça o obrigando a arranjar outra ainda exigia seu corpo para que não sabia de que serviria seu corpo num trabalho totalmente intelectual propôs que ficassem apenas com sua cabeça mas que deixassem seu corpo desfrutar o dia correndo jogando bola nadando transando enfim todas as coisas que são próprias de um corpo que não nasceu para ficar sentado em frente a um computador horas e horas disseram que era muito original seu pedido era um novo conceito de trabalho e aquela empresa adorava novos conceitos mas como vinha dele não iriam dar muito crédito se a proposta viesse num livro idiota dizendo obviedades com ares de grande coisa escrito por um mauricinho engravatado de 40 e poucos anos com cabelos esvoaçantes seria tudo muito diferente adeririam na mesma hora à moda de ficar com a cabeça e deixar o corpo em paz ah é assim então me dêem minha cabeça de volta negativo ela é nossa ele se engalfinhou com três pelo chão e conseguiu pegar sua cabeça de volta lá se foi rua afora com uma cabeça sobre o pescoço e outra nas mãos nos bares nas calçadas as pessoas perguntavam e aí está sobrando quer vender uma alguém chamou a polícia e um Fiat da brigada cortou a sua frente desceram dois policiais com armas nas mãos dizendo mãos na cabeça ele perguntou qual delas eles responderam nas duas uma das cabeças perguntou se eles já tinham ouvido falar que duas cabeças pensam melhor do que uma eles disseram que sim mas é contra a lei ter duas cabeças a outra cabeça disse peraí onde está escrito isso um dos policiais falou que agora não era hora de conversa a outra cabeça perguntou quem era o cabeça dos dois eles ficaram em dúvida e falaram que o cabeça não estava ali era o chefe deles a cabeça na mão ironizou quer dizer que vocês dois não têm cabeça para ser o cabeça eles disseram o que é isso quer levar chumbo nessa cabeça a cabeça de cima falou não vamos perder a cabeça se é que vocês têm sobre o pescoço já que não são o cabeça o guarda disse gostei dessa cabeça se você me der de presente tá liberado então ele que tinha uma cabeça arranjada na oficina sobre o pescoço desenroscou e deu para o guarda que desenroscou a sua e substituiu pela nova dizendo agora me aguardem eu vou ser o novo cabeça os guardas se foram e ele colocou sua antiga cabeça no lugar testou alguns pensamentos e viu que ainda funcionava bem a diferença para a outra que usava era que esta não parava de pensar um segundo daí a sua força e como quem baixa os e-mails que ficaram guardados durante todo esse tempo veio uma primeira especulação da cabeça nesses dias de exílio do corpo a que pertencia era sobre o heroísmo o herói contra o mundo que o oprime o mundo anti-heróico que justifica a existência do herói e a sua missão de restabelecer o bem de mostrar que o mal domina descrevê-lo revelá-lo a todos que estavam dormindo acordados mas não há mal há só diferença ela a cabeça agora pensava a diferença entre o herói e o suposto mal era o que justificava a existência de ambos entre eles estavam os amorfos que ora concordavam com o suposto mal ora com o herói mas a vitória do herói é sempre precária e os amorfos logo voltam a querer mais é o que herói se exploda viva o suposto mal algumas das vantagens do suposto mal sobre o herói são evidentes o suposto mal é o natural o impensado o que basta ligar a cabeça e ficar de boca aberta babando ou comendo mosca para pensar se é que se pode chamar isso de pensar digamos para receber essa massa gosmenta de idéias pré-concebidas idéias eternas e redundantes baseadas no não vamos nos indispor não vamos além do que é aceitável para tudo continuar e o mundo não cair num buraco esse é o suposto mal o comum a todos menos ao herói lutando contra o suposto mal ele luta contra todos e nunca vai ficar no lugar do bem pois para todos o bem é o suposto mal e o mal é o que quer ir contra o suposto mal o herói deve desistir de desfazer o suposto mal suposto por ele apenas deve abandonar a sua missão e ir viver a sua vida de diferença encontrar-se com os outros heróis e mandarem bananas para o suposto mal em vez de dedicarem suas vidas todas a ele a questão é como sobreviver sem pagar pedágio ao suposto mal que domina tudo que gera sustento uma hipótese conquistar a simpatia dos amorfos não como causa mas como consumo vender seu heroísmo para os amorfos compre heroísmo olha como é lindo como é belo como eleva heroísmo em páginas em cds em dvds em entrevistas outra hipótese fazer uma cooperativa de heróis escambo um herói troca com outro o que produz mas herói só produz heroísmo baixou outra especulação na lista de pensamentos guardados o que leva alguém a querer ser dentista dinheiro talvez alguns ganham bem mas dá pra ganhar dinheiro fazendo outras coisas amar dentes será possível alguém amar dentes como um escritor ama as letras do alfabeto 23 letras contra os 32 dentes e 32 é 23 invertido como se amar dentes fosse a outra face de amar letras amar dentes então é amar o silêncio a ausência de palavras as palavras se fazem com letras amar dentes é amordaçar o paciente botar um canudo com água correndo na sua boca um clipe isolando os dentes e um parafuso saltando para fora que o dentista aperta até ficar bem preso depois disso ele pensa vitorioso fala agora criatura quero ver se consegue dizer uma palavra uma letra que seja com tudo isso na boca e pra garantir que nada vai ser dito toca uma enorme agulha de anestesia e liga a broca e tudo se esfarela e bota massa e mais farelo e mais água então o dentista começa a falar e a perguntar e o paciente só consegue dizer hã hã hã na verdade é um teste e o dentista bota então pra acabar com qualquer som uma enorme bucha de algodão na boca do paciente quero ver dizer hã hã hã agora outra especulação e-mail pensamento como se comportar na frente das visitas entenda-se por visitas todo e qualquer ser que não os poucos parecidos com ele e que de uma forma ou de outra acabavam na sua frente exigindo que ele emitisse qualquer frase antes costumava abrir sua cabeça direto e expor suas idéias sem nenhum pudor mas isso acabou gerando muitos constrangimentos desde elogios oh como você pensou nisso nunca tinha me ocorrido o que se por um lado o envaidecia por outro só aumentava a sua solidão e quando a solidão começou a ficar insuportável pensou isso como se comportar na frente das visitas passou a falar sobre os assuntos do dia que via nos sites de notícias nos noticiários nos jornais mas falava sem emitir opinião não formulava nenhuma tese sobre os fatos não juntava a com b não estabelecia nenhuma mínima relação de causa e efeito nada e então o papo fluía sem sobressaltos e sem surpresas aprendeu a falar assim vendo telejornal o presidente não sei quem viajou essa tarde para não sei onde as bolsas despencaram o índice do Dow Jones é tanto as chuvas castigaram novamente a região norte do estado tal não sei quem não é mais o técnico do time x é essa conversa de apresentador de telejornal que ele passou a fazer com os outros não há dois interlocutores há dois locutores um fala e o outro fala também não um fala e outro responde pronto aprendeu a conviver com as visitas mas isso também era solidão solidão por dentro não por fora o que dá no mesmo porque o corpo sozinho não basta é preciso o morador uma casa vazia dá ecos e mesmo sem móveis se a casa agrada a quem entra já se começa a mobiliar com os olhos aqui o sofá ali a estante aqui uma toalha de renda um quadro um castiçal a cama o fogão e foi atrás de pessoascasas como ele com quem podia falar sobre causa e efeito sobre teses pessoas que adoram desenvolver teses sobre tudo ação para elas rende muito mais há o fato o que foi feito e o longo pensar sobre ele e desse pensar desemboca noutro fato e noutro pensar por isso para essas pessoas a velhice não pesa não precisam tanto do físico uma pessoa sem pensar sobre o fazer precisa fazer e fazer e quando não tem o que fazer fica frustrada uma pessoa de pensar sobre o fazer tem muito o que fazer a partir do fazer dois fazeres rendem muitos pensares há os que pensam uma vida toda sobre dois ou três fazeres e como pensar ocupa um bom tempo nem precisava encontrar muitos como ele pois dois já se ocupariam de pensar e o tempo passaria sem perceberem foi assim que encontrou sua turma de pensativos a alegria era pensar foram ver filmes e depois tinham muito o que falar e pensar sobre o filme um jantar com muito o que concluir um livro e dê-lhe tese um cd e viva que legal pensares e pensares e os seus corpos se revigoravam a cada pensamento como duas horas de caminhada a tristeza era deixar seu grupo de pensativos e ter que conviver com os fazedores que diziam o que você não fez ainda estamos atrasados mas fazer o que se ainda não pensei nada que preste ora fazer fazer fazer fazer por fazer se não fizermos nada o mundo acaba faça sem pensar faça alguma coisa faça como eu faça simplesmente na verdade descobriu que para eles o pensar não tinha valor nenhum fazer uma coisa pensada ou uma coisa sem pensar era o mesmo o que importava era fazer e assim computavam sua lista de feitos e de coisas por fazer um fazer infinito não havia fazer que chegasse a única saída que encontrou foi aprender a desfazer foi um contra-ataque um contra-veneno passou a desfazer tudo o que faziam e assim começou a guerra dele quixotesco contra a horda de fazedores sua desfeita era uma afronta e uma terrível ameaça pensavam os fazedores se ele desfizer tudo o que fazemos estamos perdidos tanto fizemos para nada e os feitos foram sendo desfeitos um a um pela habilidade lógica dele tudo desabava e os fazedores refaziam mas tudo que é refeito volta mais frágil o encaixe gasto a cola seca e desmoronava mais facilmente os fazedores não tiveram outra saída senão convidá-lo para ser sócio por favor lucre com os nossos feitos ficará um pouco para você mas não desfaça mais nada tentou ser sócio por um tempo mas a incompatibilidade era evidente os fazedores querendo fazer e fazer e ele querendo pensar e pensar e os fazedores dizendo que fazer dava lucro o que era verdade mas os lucros mesmo só vieram depois que ele os ensinou a pensar o mínimo e o mínimo já era quase insuportável para eles chega de pensar mas ele sabia que ainda era possível pensar muito mais os cérebros começaram a estourar um a um a cada reunião e antes que não sobrasse nenhum o puseram porta afora nunca mais ponha os pés e a cabeça aqui para ele foi um alívio porque seus pensamentos já eram quase de estrangular um a um dos fazedores tentou rir da sorte riu mas só rico ri à toa era preciso um novo trampo quem sabe mais arejado o pior é que os pensativos são ruins de negócio negócios se fazem no fazer infinito e pensar quase nunca é um bom negócio e lá se foi ele até encontrar um pensativo dos grandões que disse você também é dos grandões onde você estava escondido esse tempo todo pare tudo o que você está fazendo e se dedique só a escrever o que você pensa você vai ser o maior dos maiores muito bom mas como parar de fazer tudo e viver de quê de ar como não pagar pedágio para nenhum fazedor entre outras coisas de dinheiro foi aí que entendeu esse pare tudo é pare tudo por dentro até poder parar por fora dê aos fazedores seu trabalho mas não entregue o ouro para eles que eles levam embora o ouro é seu use-o para si caramba como não pensei nisso antes ele pensou e viu que a sua honestidade pensativa era o que estava atrapalhando tudo porque para os fazedores pedaços de pensamentos já eram o suficiente o resto usaria para si e foi buscar lá no passado um velho tema da sua vida a arte viver de arte de teatro de música de literatura desde sempre desenhou escreveu histórias em quadrinhos fez peça de teatro criou música escreveu poesia cantou em banda de rock tudo sempre começando pela arte aí estava o seu ouro o negócio era fazer isso virar negócio lei número um dos homens de negócio sorria mostre-se empolgado esteja sempre disposto a abrir novas frentes faça alianças seja receptivo um tanto avesso ao artista que lá pelas tantas separa o mundo entre os caretas e os bacanas entre os livres e os aproveitadores entres os desprendidos e os mauricinhos mas tem artista que cai nas graças das pessoas sem precisar deixar de ser ele mesmo era desse tipo de artista que ele queria ser viver da sua arte sem precisar transigir sem precisar pagar pedágio e viver com grana não precisava ser um milionário mas viver sem se preocupar com dinheiro o João Ubaldo Ribeiro uma vez falou que durante muito tempo sonhou em viver de escrever até que conseguiu mas viu que isso também era um problema porque escrever para ele era um prazer e a partir do momento em que virou seu sustento se ele não escrevesse mais uma linha sua família morreria de fome já o nosso ele colocava a questão de outra forma o ponto era com o que ele se sentia forte com que armas ele enfrentava a vida sem medo e era com a arte com a palavra escrita empunhou a palavra como uma lança e saiu pelo mundo olhem aqui para a minha palavra vejam como ela é legal aproximem-se podem pegar na mão se levarem ao ouvido vão ouvir o mar se levarem à boca vão querer provar mais podem fazer embaixadas com ela enfim façam o que quiser uma palavra está aí dando bandeira não se nega a ninguém junte com outras pelo som pelo sentido pelo desenho por exemplo as palavras no cinema nos filmes do Chaplin apareciam só para pontuar uma passagem de tempo quem sabe uma fala curta já nos filmes do Woody Allen são o filme numa exposição de pinturas a palavra está na cabeça de quem olha e tenta traduzir em palavras às vezes sem precisar está no texto do catálogo que se retorce para descrever o que não foi feito com palavras antes do computador os escritores escreviam seus textos em máquinas de escrever e guardavam os papéis em pastas todos eles sofriam do mesmo medo se a casa incendiasse perderiam tudo agora têm medo de que dê pau no computador e sumam todos os arquivos ou que o disquete estrague o cd encrenque o lugar mais seguro para guardar as palavras ainda é num livro publicado é entre esses que ele queria estar mas olhava em volta e via como há um número enorme de livros publicados e desses quantos são realmente literatura ok literatura é o que num determinado momento o circuito autor-obra-público reconhece como literatura certo então quantos desses livros são grande literatura bem depende do critério de quem diz o que é e o que não é grande o século XX entendeu muito bem o que na linguagem é próprio de um texto literário há um close na linguagem o que vai ser dito é secundário o que importa é o como é dito o século XIX viveu do conceito de belo as essências o universal o humano já ele arriscava um critério básico para o século XXI o mais difícil era ser inesquecível nessa avalanche de signos de informações de palavras da propaganda da internet dos cds dos cinemas dos programas filmes desenhos de tv dos lançamentos e lançamentos de livros dos jornais nessa concorrência de narrativas de poemas de canções o desafio pensava ele é dizer algo que fique soando alguma coisa a qual se queira voltar quando tudo vai para frente quando tudo é rio seguindo rio de pessoas rio de carros rio de dias e dias de trabalho rio de imagens 24 horas rio de canais a cabo rio de sites rio de e-mails uma arte que faça o barco parar que faça descer para olhar com calma e quando voltar para a correnteza seja imprescindível levá-la junto quase tudo o que lia o que via atualmente ficava para trás na correnteza o que foi mesmo que aquele poeta disse não lembrava mais outra tese sua é a seguinte é mais fácil ser Zé Fernandes do que Márcia de Windsor o Zé era o que dava zero para todo mundo no programa Flávio Cavalcanti e a Márcia ao contrário dava sempre dez é mais fácil pôr tudo abaixo do que achar legal é claro que a Márcia era extremamente benevolente mas o seu mérito era ver as qualidades do calouro achar algo bom no ruim é tarefa muito mais árdua e menos óbvia do que ver os evidentes e gritantes defeitos mas também ele pensava um texto só com qualidades dos mais chatos é daquelas telemensagens ou daquelas mensagens-surpresa de aniversário você é o máximo e coisa e tal pensou em fazer mensagens ofensivas seu isso seu aquilo seu egoísta duma figa seu arrogante deve haver mercado para um negócio assim se você deseja receber o kit de mensagens ofensivas é só discar para o número tal mandamos a fita e você manda o cheque há mensagens especiais para chefes guardas ex-marido ex-mulher imobiliárias empresas de telefonia centrais de cartão de crédito e muito mais foi a uma festa um dia e lá estava com seu copo de coca-cola quando perguntaram espantados se ele não bebia na verdade bebia todo e qualquer tipo de bebida alcoólica quando tinha vontade mas naquela festa sabendo que iria voltar de carro não queria beber mas vá explicar isso sem parecer exagero vá explicar que bebe quando acha que deve quando o paladar pede enfim quando quiser como poderia não beber numa festa quando todos ficam girando com um copo na mão sem falar nos que ficam ostentando seus copos e suas garrafas tipo viu olha só estou bebendo como sou alegre como sou soltinho vá explicar para os extrovertidos lembrava que o Mario Quintana tem um texto em que fala que ninguém se importa com os extrovertidos só com os introvertidos mas para o Mario os chatos de verdade são os extrovertidos bem então ele o nosso ele achou depois de muitas festas uma resposta socialmente mais aceita para explicar o fato de não estar bebendo disse que era um alcoólatra que estava em tratamento bebia até cair tomava fogos homéricos já tinha sido internado várias vezes mas agora tinha conseguido parar não podia botar uma gota de álcool na boca se não tudo voltava as pessoas diziam oh sim e respiravam aliviadas ufa ele bebe se dissesse não pois tenho que dirigir daqui a pouco ou não estou a fim agora seria uma resposta digna de escândalo de reprovações veja isso é uma festa beba dirija embriagado o que você tem na cabeça e por falar em cabeça apareceu na festa o guarda aquele que ficou com a sua antiga cabeça era agora uma personalidade convidada para festas coquetéis vernissages lançamentos de livros palestras na associação dos empresários chegou ao lado dele com uma cabeça igual e logo perguntaram se eram gêmeos ele disfarçou saiu de fininho pegou o carro e foi embora no caminho botou um cd e foi até em casa sem pensar em nada gostou da experiência e resolveu passar um tempo sem pensar em absolutamente nada perguntavam o que você pensa do novo treinador do nosso time ele respondia não penso nada ficavam um pouco chocados com a resposta que soava um tanto antipática mas logo alguém conciliava é melhor não pensar nada do que pensar bobagem o que você pensa do atual governo alguém que não sabia da sua última decisão logo vinha com a pergunta eu não penso nada dizia oh sim e quem pensa alguma coisa quem é o Golbery desse governo o que eles estão na verdade pensando eles também parecem não estar pensando nada está certo não pensar nada é o melhor pensamento que se pode ter sobre o atual governo e sobre o Bush e a guerra contra tudo e contra todos eu não penso nada sim pensar o quê e adianta pensar alguma coisa logo o interlocutor continuava pensar é o que menos deve fazer o Bush se pensasse jamais faria isso tudo e o que você pensa sobre si mesmo vinha um metido na personalidade alheia eu não penso nada que ótimo logo alguém falava consegui a muito custo e custo mesmo uma grana de análise parar de me preocupar sobre com o que os outros pensam sobre mim mas não pensar mais nada sobre mim mesmo é uma conquista que nem tinha sonhado como se vê não pensar em nada dá muito o que pensar para os existencialistas o nada era a náusea a condição humana da qual se deveria partir para se construir a si mesmo para os mestres zen o nada é o grande estado de não-mente a que se deveria chegar o nada não era o ponto de partida e sim de chegada mas para ele o nada era nada mesmo e isso já bastava sua proposta era não pensar em nada mas os outros sempre atribuíam um sentido para o seu nada que logo deixava de ser nada e virava alguma coisa ele olhava estupefato e como estava decidido a não pensar em nada ouvia suas palavras como sons sem sentido como se fossem de outra língua que ele não entendesse uma língua em que nada não consegue ser apenas nada passou assim um mês e concluiu que não pensar em nada era igual a pensar em alguma coisa de um jeito ou de outro não se chegava a nada ou ao que se chegava só tinha sentido porque se dava sentido se não se desse não teria então o sentido não era das coisas nem dos fatos nem dos sentimentos o sentido era dele assim dar ou não dar sentido era a mesma coisa resolveu então exercitar outra forma de se comunicar sem sentido diziam hoje está mais frio do que ontem ele respondia camelos têm duas corcovas não deu muito certo porque em vez da simpatia que causava a sua afirmação de que não pensava nada agora todos diziam que ele estava louco uma coisa é não pensar nada outra é pensar e não fazer sentido ou pior ter um sentido que não faz sentido ok ele pensou as coisas não têm sentido mas sem ele a confusão é maior ainda e logo voltou ao convívio das frases sem sentido mas com sentido o motorista do táxi dizia hoje vai fazer mais frio ainda ele respondia é e parece que amanhã chove e depois esquenta é uma loucura respondia o motorista assim não tem saúde que agüente é ele continuava os hospitais estão cheios de gente com pneumonia deu numa reportagem do jornal da tv é eu peguei uma gripe na semana passada e ainda estou fungando esse ano ainda não peguei nada graças a deus eu aqui nesse carro pego muita friagem tem que se agasalhar bem mas tem dia que muda a temperatura e pega a gente desprevenido ah isso é é brabo é é mesmo o senhor pode parar atrás daquele carro vermelho quanto deu nove e oitenta está certo assim obrigado bom-dia bom-dia uma coisa que o deixava com uma pulga atrás da orelha era a esperança ele esperava que alguma coisa muito boa muito com a cara dele mais cedo ou mais tarde iria acontecer ele esperava por isso e se esperava era porque viria ninguém fica esperando algo que não vem tem o inesperado aquilo que chega quando nem se sonha tem os que perdem as esperanças mas ele tinha uma certeza interna de que as coisas viriam só demoravam um pouco e ele sofria por isso sofria tanto que não sabia se estaria inteiro ainda quando as coisas chegassem existiam bons momentos na sua vida mas tinha uma parte nova aguardando a hora de chegar talvez estivesse dentro dele esperando pra sair esperando que alguém puxasse pela mão e não era algo artificial não poderia ser forjado até porque ele não sabia não ser inteiro era sincero e diferente duas características que levam a um caminho de muita solidão mas que fazer era esse o seu caminho não era também nenhum casmurro fora do mundo era extremamente mundano vivia entre todos tinha um lado de convívio fácil de doação de interesse pelos outros era o que o mantinha no mundo o humano sem sentido sem exigência sem explicação uma das maiores alegrias é a afinidade encontrar alguém parecido com quem a conversa seja fácil que goste das mesmas coisas é raro aparece mais ali pelos 16 até os 20 e poucos anos quando a disponibilidade é maior o desejo de se ver num espelho de carne e osso é enorme tudo que for afinidade é posto numa lupa fica ampliado mas ele já tinha passado dessa idade há um bom tempo a exigência aumenta as armadilhas e as ilusões de afinidade se mostram mais aparentes resta a crua individualidade o que é também um alívio para tanta procura não é fácil viver tentando achar amigos amores pessoas ele achou algumas pessoas raras que ficaram ligadas por cordões invisíveis de afeto hoje podem passar muito tempo distantes mas quando se encontram os cordões estão ali talvez na velhice com os laços se desfazendo pelas mortes dos amigos a vida enfim se renda à solidão não a solidão de ausência de marido mulher namorado namorada mas a solidão como destino rumo condição a morte de um amigo é a morte de parte de um mundo aqueles que conviveram juntos na mesma época trazem um mundo por dentro que vai desaparecendo por fora até que o mundo de fora é totalmente diferente do mundo de dentro só os amigos da mesma idade enxergam o mundo invisível em que eles ainda vivem a morte dos amigos deixa quem fica ilhado num mundo que não mais ecoa com o mundo de dentro ele até elaborou um projeto de iluminação coletiva para um dia em que os homens e mulheres se derem conta do desperdício que é a vida centrada na acumulação para nada e na perda dos minutos preciosos com afazeres sem sentido uma vida sem graça avançando enquanto a morte vem na direção contrária seu projeto era o da festa diária celebração atrás de celebração comemorar a chuva o frio o sol o dia nublado o nascimento o namoro o gol o novo poema o novo conto a nova música o novo encontro todo mundo junto comemorando de verdade com música letra e dança só por estar vivo imaginava um planeta em festa todos os dias como se pode ver em vez de velho ele ficava cada dia mais novo suas teses viravam tudo do avesso não se conformava com a idiotice travestida de maturidade com a caretice na pele da prudência com a idéia de que a vida é sem graça mesmo e a solução é ficar um chato feio e barrigudo sentado na frente da tv vendo o que há de mais raso um tolo bem-arrumado um colecionador de objetos caros e inúteis porque tudo que cair na mão de alguém sem imaginação vai ser inútil pode ser a varinha de condão da fada a vara não funciona sozinha o poder não é dela e chega de se lamentar hoje ele está a fim de fazer um grande texto sem pontuação sem maiúscula nem minúscula sem essa sem mais nem menos sem explicação e sem fim um texto que o absorvesse para dentro lá vai ele virando palavra dos pés à cabeça por dentro e por fora potente recheado de boas palavras nas mãos a palavra mão nos pés a palavra pé na cabeça a palavra cabeça no peito a palavra peito na barriga a palavra barriga na canela a palavra canela e assim por diante até chegar ao vazio mas ali em vez do vazio plena a palavra vazio

Obras do autor

Publicações

Viagem dos olhos — poesia, Porto Alegre, 1985, Coolírica

Bashô um santo em mim — haicais, Porto Alegre, 1988, Tchê

O Baú do Gogó — poesia, infantil, Porto Alegre, 1988, Sulina

Quase eu — poesia, Porto Alegre, 1992, SMC, Coleção Petit Poa

Palavra mágica — poesia, São Paulo/Porto Alegre, 1995, Massao Ohno/IEL. Prêmio Açorianos, melhor livro de poesia.

Pequenas observações sobre a vida em outros planetas — poesia, infantil, 1ª edição, Porto Alegre, 1998, Projeto; 2ª edição São Paulo, 2004, Salamandra. Prêmio Açorianos, melhor livro infantil 1998.

É tudo invenção — poesia, infantil, São Paulo, 2003, Ática. Biblioteca básica da FNLJ, selecionado para representar o Brasil na 41ª Feira de Bolonha

ex, Peri, mental — poesia, Porto Alegre, 2004, Ameopoema

Mmmmmonstros! — poesia, infantil, São Paulo, 2005, Salamandra

O menos vendido — poesia, Nankin Editorial, São Paulo, 2006. Prêmio Açorianos, melhor livro de poesia 2007

Antologias

100 haicaístas brasileiros — São Paulo, 1990, Massao Ohno Editor

Conversa com verso — poesia, infantil, Porto Alegre, 1992, Mercado Aberto

Livro da Tribo, poesia, São Paulo, 1996, Editora da Tribo

Frogpond (antologia mundial de haicai), New York, 2000, edição Haiku Society of America

Jornadas Literárias de Passo Fundo, 20 anos de história, volume de poesia, Passo Fundo, 2001, UPF

Antologia do Sul, poesia, Porto Alegre, 2001, edição Assembléia Legislativa do Rio Grande do Sul

Fazedores de amanhecer, poesia, infantil, São Paulo, 2003 Salamandra (PNBE)

Premiações

Prêmio do Encontro Brasileiro de Haicai, 2° lugar, São Paulo, 1987

Prêmio Açorianos, Destaque de Editora, editora Ameopoema

Cd

Música legal com letra bacana — os poETs — YB Gravadora, São Paulo, 2004

Ensaios

"A morte de Macunaíma" — Porto Alegre, 1992, revista *Porto & Vírgula*

"Mario Quintana — Da poesia da arquitetura à arquitetura da poesia", Porto Alegre, 2002, revista *Porto & Vírgula*

"— O que é que você quer ser quando crescer?

— *Poeta polifônico.*" — Ensaio sobre a poesia de Waly Salomão, Porto Alegre, 2003, revista *Porto & Vírgula*

"Letras — matéria-prima da poesia". — Prefácio para o livro *O batalhão das letras*, de Mario Quintana, nova edição da Editora Globo, 2005

"Morfologia do Agora é que são elas" — em *A linha que nunca termina*, livro-homenagem a Paulo Leminski, org. André Dick e Fabiano Calixto, Lamparina, Rio de Janeiro, 2005

"Balanço, mas não caio" — análise da poesia brasileira dos últimos 40 anos, em 4x Brasil, Mercado Aberto, Porto Alegre, 2005

Site

www.ricardosilvestrin.com.br

Este livro foi composto na tipologia Minion,
em corpo 12,5/17, e impresso em papel
off-white 90g/m² no Sistema Cameron da Divisão
Gráfica da Distribuidora Record.